나는 가끔 실없는 말이 듣고 싶다

이 병 옥

춘천시 북산면에서 태어나, 한 번도 강원도를 떠나지 못한 촌사람의 이야기입니다. 경자년에 시작된 코로나19로 오랜 시간 거리 두기를 하며, 아이들이 학교에 가는 모습, 자유롭게 신앙생활을 하고 차한 잔을 마시며 나누는 수다의 소중함을 가슴 저리게 느꼈습니다.

예기치 않게 당한 교통사고와 피부병을 앓으면서는 매일 하는 샤워, 귀찮게만 여겼던 빨래와 설거지 같은 사소한 일상들이 얼마나 큰 가치를 지니고 있는지 다시금 깨달았습니다. 그 무렵, 미국 루스벨트 대통령의 영부인 엘리너 여사의 "삶은 선물입니다."라는 글을 읽고, 하루하루가 고마워 눈물이 핑 돌았던 기억도 납니다.

이밖에도, 살아가면서 쉬워 보이지만 조심하고 신경 써야 하는 것이 '말'이라는 사실을 최근 들어 더욱 실감합니다. 이번 수필집에서는 되풀이되는 일상 속에서 주고받은 말 중에 기뻐하거나 혹은, 서운했던 무수한 말들을 소재로 삼고 싶었습니다. 그런 심정으로 틈틈이 써온 글들을 묶어봤지만, 표현력도 어휘력도 부족해 여

전히 부끄럽습니다. 그러나 지나온 시간보다 앞으로 남은 날들이 더 절실하고 소중하기에, 이제는 행복한 순간만 기억하고, 억지로라도 좋은 생각과 예쁜 말, 가슴이 따뜻해지는 말을 많이 하며 살고 싶은 저의 다짐과 고백을 담았습니다.

이렇게 선물 같은 삶을 노래하듯 엮은 『나는 가끔 실없는 말이 듣고 싶다』가 빛을 볼 수 있도록 후원해 주신 강원특별자치도 강원문화재단과 묵묵히 응원해준 가족들, 정다운 이웃과 친지들께 깊은 감사의 인사를 전합니다.

고맙습니다.
항상 건강하시고 행복하시길 기도합니다.

2024년 열매달에
이 병 옥

차례

요리보고

조리봐도

말이란 참으로 신기한 존재입니다. 가볍게 흩어져 바람에 실려 가는 듯
하지만, 어떤 말은 꽃잎처럼 내려앉아 오래도록 향기를 남깁니다. 우리는
모두 그 향기를 찾으며 살아갑니다.

흙

개나리 꽃잎이 방긋거리는 노란 봄날이다. 우리 부부는 겨우내 빈둥거리던 삽과 호미를 들고 텃밭으로 나갔다. 얼었다 녹은 땅이라 스펀지를 밟는 것처럼 폭신하다. 남편은 먼저 거름 포대를 끌어다 밭고랑에 훌훌 뿌린다. 꿈꿈한 거름 냄새가 꽃샘바람에 솔솔 날리니 찡끗 내 코가 찡그려진다.

"밭갈이 전에 거름을 뿌려야 할 텐데."

며칠 전부터 벼르고 별러온 일이었는데 이제는 밑거름도 넉넉히 뿌렸겠다, 시작이 반이라고 벌써 올 농사 절반은 지은 것 같아 마음이 가붓하다. 포근한 햇볕 받은 밭이랑 사이로 간간이 얼굴을 내민 냉이와 달래가 더없이 반갑다. 호미로 긁적여 튼실한 뿌리를 바구니에 주워 담는데 벌어진 입이 다물어지질 않는다. 흙냄새와 봄나물은 고향의 향기라서 언제 어디서 보고 만지고 냄새 맡아도 신바람이 난다.

　호미 끝에 걸리는 포실한 흙덩이를 한 손에 쥐고 조물조물 주물러본다. 보드라운 흙 속에서 고구마와 옥수수가 만져지고 고추와 들깨가 만져지고, 토마토 부추 파 당근 무 배추가 만져진다. 흙! 참으로 신통하다. 흙뿐인 빈 고랑에 감자 심으면 감자 나오고, 콩알 심으면 콩꼬투리 맺히고, 씨앗을 심으면 심는 대로 열매를 내어주는 마법 같은 흙이다. 꽃씨 심으면 꽃이 피고 목화 심으면 솜이 나오고, 과일나무 심으면 주렁주렁 과실이 달리는 마력을 지녔다. 그러고 보니 우리가 끼니마다 먹는 뿌리, 잎, 줄기, 열매 등의 숱한 먹거리는 물론이고, 천연 생필품까지 흙에서 나온 것들이 수두룩하다. 제자리 놔두면 다시 흙이 되는 걸 보면 흙을 먹고 입고 잔다고 말해도 헛말이 아닌 것 같다.

　'너는 흙에서 난 몸이니 흙으로 돌아가기까지
　이마에 땀을 흘려야 낟알을 얻어먹으리라.
　너는 먼지이니 먼지로 돌아가리라.'
　성경 창세기(3장 19절)의 한 구절이다.

　흙에서 나온 우리는 흙을 먹고 살다가 먼지로 돌아간다고 하지 않나. 그러나 흙에서 얻는 모든 먹거리가 거저 생기지 않는다. 언제나 땀을 흘려야 열매를 수확할 수 있다. 맨땅을 갈아

엎고 제때 씨 심고 시기 맞춰 거름 주고, 솎아주고 김매주고 순치고 북 주며 비지땀을 흘려야 한다. 그렇더라도 우리 땀과 흙만으로는 단 한 톨의 싹도 틔울 수 없다. 하늘에서 내리는 비, 즉, 살아있는 생명체가 필요로 하는 물이 있어야 한다. 그래서 지구촌에 존재하는 생명체를 통틀어 생물이라고 말하나 보다.

　　토토 톡 투투 툭툭
　　어두움을 깨우는 저 소리
　　오뉴월 근심 고개
　　넘어가는 발자국 소리

　　젖줄 말라 허기진
　　금싸라기 같은 내 새끼들
　　먹여 살리는
　　콧노래 소리, 저 소리

　　가뭄이 심하던 어느 해 봄 초저녁, 단잠이 폭 들었다가 반짝 눈이 떠졌다. 어둠을 뚫고 들리는 투두둑 소리에 자리를 박차고 일어나 창문을 활짝 열었다. 밭에 씨앗을 심은 후로 봄 내내 비가 한 번도 내리지 않아 속이 바질바질 타들어 가던 터라, 그

밤 쏟아지는 빗소리가 어찌나 반갑고 시원하던지 나 혼자 들떠서 흥얼거려 본 '단비'라는 시다.

기름진 흙이라도 물이 없으면 죽은 땅이라고 한다. 하늘이 내려주는 물과 햇빛이 흙과 어우러져야 씨앗이 싹트고, 그 싹은 흙에 밴 거름을 먹어야 쓴맛 단맛 떫은맛 매운맛 신맛 등 저마다 다른 맛과 영양이 담긴 실한 열매를 맺을 수 있다. 그런가 하면, 밤에도 대낮 같은 가로등 밑에는 잠들지 못한 식물들이 과로해서 씨앗이 여물지 못한다고 하니, 음양의 오묘함에 탄복하면서 대자연을 다스리는 창조주께 그저 감사할 따름이다.

성경 창세기는 사람은 흙에서 났으니 땀의 수고로 낟알을 얻어먹다가 먼지로 돌아가라고 했다. 나도 흙에서 나와 한 철 방긋거리는 노란 개나리 꽃잎처럼 웃으며 살다가 돌아갈 수 있길 바라며 밭고랑에 씨앗을 심는다.

고집불통이 내 사랑으로

식탁 위에 놓인 휴대폰에서 신호음이 울린다. 마침 옆에 있던 손녀가 냉큼 집어 들고 또랑또랑한 목소리로 나를 부르면서 덧붙이는 말이다.

"할머니, 할머니 전화 왔어요. 고집불통한테서 전화 왔어요. 고집불통한테서."

거실에 있다가 고집불통이란 말에 화들짝 놀라 달려온 나는 손녀의 손에서 전화기를 빼앗듯이 받아 들고 짤막한 통화를 마쳤다. 그리고 휴대폰을 앞치마 호주머니에 집어넣으며 손녀를 향해 조신한 목소리로 물어보았다.

"너 고집불통이 누군 줄 알아?"

"네, 알아요. 우리 할아버지지요. 뭐!"

"……"

아무도 곁에 없다는 것이 다행이었다. 그러나 재미있다는 듯 샐샐 눈웃음 짓는 손녀를 본 나는 모닥불 앞에 선 듯 얼굴이 뜨끈하였다. 여섯 살배기 손녀가 제 이름 석 자 외엔 한글을 모르는 줄 알았다. 그런데 좋은 점은 더디게 배워도 나쁜 점은 금세 배운다는 그 말이 실감나는 순간이었다. 할머니 전화기에 저장된 고집불통이란 글자를 읽고 더 나가서 할아버지를 지칭한 단어라는 걸 알고 있다니. 손녀 앞에서 말 많은 내가 그만 말을 잃어버리고 말았다.

한집에 살면서 한 번도 갈등을 겪지 않는 부부도 있을까. 가정사로 남편과 의견 충돌을 일으키고 돌아선 날이었다. 날이 갈수록 늘어가는 건 똥고집뿐이라고 구시렁거리며 휴대폰에 남편이란 호칭을 똥고집으로 저장해 놓았다. 그런데 이튿날 다시 들여다보니 좀 심하다 싶었다. 그래서 크게 인심 쓰는 셈 치고 고집불통이라고 바꾸었다. 그 뒤로 남편이 전화를 걸어올 때마다 고집불통이란 단어가 화면에 뜨고 나는 아무렇지 않게 통화를 끝내곤 했다. 그랬는데 방울만한 손녀의 입을 통해서 고집불통이란 남편의 별칭을 듣는 순간 낯이 화끈거리고 무안해졌다. 가장에 대한 예의로 보나 가정교육으로 보나 어린 손녀 앞에서 이건 아니다 싶었기 때문이었다. 휴대폰을 손에 들고 한참을 만지작거리다가 마침내 저장된 가족의 호칭을 긍정의 단어로 싹 바꾸기로 결정했다.

맨 먼저 '고집불통'인 남편을 '내 사랑'이라고 바꾸었다. 니 편이니 남의 편이니 해도 내가 마지막 날까지 동행해야 할 0촌이 아니던가. 내 사랑이라고 호칭을 바꾸어 즐겨찾기에 저장해 놓고 보니 고집불통보다 훨씬 더 정감 있고 친근하게 느껴졌다. 귀에 듣기도 좋지만 눈으로 보아도 좋았다. 다음은 우리 울타리인 두 아들 내외의 호칭을 바꿔나가기 시작했다.

큰아들 - 든든이

큰며늘 - 사랑이

작은아들 - 믿음이

작은며늘 - 행복이

이렇게 폰에 저장해 놓았더니 휴대폰만 열고 들여다보아도 든든하고 믿음직하고 사랑스럽고 행복해진다.

말이 씨가 된다는 옛말을 나는 굳게 믿는다. 작은 휴대폰 안에다 내 사랑을 비롯해 든든한 믿음과 행복의 씨앗을 꼭꼭 눌러 심었으니까. 이제부터 나는 사랑스런 아내, 든든하고 믿음직스러운 엄마와 할머니이다. 더불어 우리 집은 행복한 가정이 틀림없으렷다.

휴대폰의 가족 호칭을 싹 바꾸었더니 한글 눈을 확실하게 뜬 귀요미 손녀들이 내 전화기를 냉큼 집어 들고 쟁반에 구슬 굴러가듯 거듭 불러대도 전혀 불안하거나 걱정이 없다.

"할머니, 할머니 전화 왔어요. 내 사랑한테서 전화 왔어요. 내 사랑한테서 전화 왔어요."

더 크게 부르면 부를수록 흐뭇해진다.

선물 받은 날

1

외출 중인데 가방 속에서 휴대폰이 울린다. 열어보니 남동생이 걸어온 전화다. 폰을 귀에 대자마자 대뜸 "이 작가님 안녕 하슈."라며 놀린다. 가끔 장난기가 발동하면 큰누나인 나를 보고 농담 삼아 건네는 인사말이다. 어디냐고 물었더니 부산으로 출장 다녀오는 길이란다. 그곳에서 배가 노란 기장 멸치를 보냈는데 집을 제대로 찾아갔거든 문자나 한 통 보내라는 전화였다.

이튿날 택배기사가 던져놓고 간 멸치 상자를 열어보았다. 어린 시절 내가 업어주던 남동생이 보낸 선물을 받고 보니 가슴이 뭉클하다. 마구잡이로 누운 마른 멸치들이 빤히 쳐다보고 있다. 무리 지어 바다를 헤엄치던 멸치들이 여러 손을 거쳐 내 앞에 오기까지의 과정을 잠깐 머릿속으로 그려 보았다.

멸치는 바닷고기 중에도 가장 작은 물고기이다. 체구가 작아서일까 혼자 노는 법이 없다. 살 비비며 떼 지어 바다를 누빈다. 심지어 그물에 걸려 올라올 때도, 끓는 물에 들어갈 때도, 죽어도 살아도 늘 공동체 운명이다. 그들은 먹을 걸 모아놓거나 쌓아놓는 일이 없다. 그저 숨이 붙어 있는 순간까지 어울려 살다가 끝내 남의 밥이 될 뿐이다. 그 하찮은 미물들의 생이 숭고하고 거룩하기조차 하다. 저장용 용기에 담긴 멸치를 들여다본다. 한 마리 한 마리가 잘나고 못남이 없이 하나같이 닮은꼴이다. 버릴 게 하나도 없다. 고스란히 남에게 뼈가 되고 살이 되는 고만고만한 크기의 멸치들이 새롭게 보인다.

발길 닿는 곳마다 생동감이 넘실거리는 5월, 바다 냄새가 담긴 귀한 선물을 받았다. 똘똘한 멸치 떼가 집을 잘 찾아왔다는 문자에다 고맙다는 말 대신 눈웃음을 담아 동생에게로 날려 보낸다. 점점 더워지는 날씨에 건강과 행복을 기원하면서….

남들은 김장한다고 법석이건만 천하태평이었다. 포근하던 날씨가 갑자기 영하권으로 떨어진다는 일기예보에 놀라서 서둘러 김장을 한 게 암만해도 무리였지 싶다. 옆구리며 장딴지며 안 아픈 곳이 없다. 일어나고 누울 때마다 '아이고' 신음이 저절로 터져 나온다. 천근인 몸을 침대에서 일으킨 건 휴대폰이었다. 신호음이 궁금해 엉금엉금 기어가 맥없이 집어 들었으니까.

친구가 카카오톡으로 보내온 동영상이다. 산천의 아름다운 풍광에다 잔잔하게 깔리는 음악으로 눈과 귀가 환해진다. 천천히 올라가는 글귀는 더욱더 근사하다.

마지막 부분 '욕심에 절어 살지 말고 이웃이나 벗들이 문자나 톡을 보내오거든 한자라도 적어 답장 보내고, 오늘을 선물 받은 것처럼 행복을 만들어가며 감사한 마음으로 살자.'라는 구절에서는 눈가에 이슬이 맺히기도 했다.

인터넷에서 돌고 돌아온 묵은 영상인데 오늘따라 나를 뒤흔들어 놓는 묘한 감정은 도대체 뭘까. 처음에는 일에 지쳐 나약해진 탓이라고, 서릿바람에 뒹굴다 먼지로 돌아가는 낙엽 탓이라고 여겼는데, 듣고 또 듣다 보니 꼭 그런 것만은 아니었다. 울림을 준 건 '오늘을 선물 받은 것처럼 행복을 만들어가며 감사한 마음으로 살자.'라는 글 속에 담긴 선물, 행복, 감사라는 세 단어였다.

곰곰 되짚어보니. 김장하는 일도 바빠 서둘 필요가 전혀 없었다. 텃밭에서 거둔 배추와 무를 24시간 안에 해치우라고 독촉하는 이도 없겠다, 느긋하니 하루 이틀 더 날 잡아 놀며 쉬며 하면 즐겁게 할 수 있었을 텐데, 마치 내일은 없는 것처럼 숨도 안 쉬고 후딱 해치우고 나서는 끙끙 앓아누워 있을 게 뭐람. 이런 곰탱이!

나는 항상 그랬다. 태평으로 게으름을 피우다가도 손에 일만 잡았다 하면 단숨에 끝내려 드는 못된 버릇이 있다. 한창 시절엔 그런 성격이 장점으로 보였는데 지금 보니 미련한 짓이다. 오늘 일은 오늘만큼만 하면 되는데 왜 내일 것까지 하고 힘들어하는가 말이다. 엄밀히 따지자면 앞당겨 한 게 아니다. 몇 날 며칠 차일피일 미뤄온 일을 한꺼번에 몰아 하느라고 나를 들들 볶아댄 것이다. 세상 무엇과도 바꿀 수 없는 귀한 몸을 남이 아닌 내가 혹사하며 번번이 생 몸살을 앓고 있으니 누가 누구를 원망하랴. 이렇듯 선물 받은 오늘을 선물로 받아들이지 못한 나의 일상을 토닥토닥 다독이듯 짚어주는 영상이 지친 나를 흔들어 세운 것이다.

축 늘어진 몸을 일으켰다. 팔팔 끓는 주전자 물로 생강차 한 잔을 진하게 타서 마시며 내 안에 생기를 불어넣는다. 주문을 외듯 '선물 받은 오늘을 행복하고 감사하게!'라고 거듭 중얼거리니 젖은 솜 같던 머릿속이 뽀송뽀송해지듯이 차츰 가벼워졌다.

화려함을 자랑하던 나무들이 훌훌 옷 벗는 쓸쓸한 계절이다. 내게 새 기운을 불어넣어 준 선물, 행복, 감사의 세 단어를 가만가만 되새기면서, 먼저 근사한 동영상을 보내온 친구에게 고맙다는 문자 한 줄 손끝에 담아 보낸다. 이어서 이웃 친지들에게 비타민 같은 안부 인사와 동영상을 공유하며 감사한다. 선물 받은 오늘을.

꽃 송편

옥상 화분에 심은 맨드라미 꽃이 탐스럽게 피었다.

닭의 벼슬을 닮은 꽃송이가 제 몸보다 훨씬 더 크다. 혹시나 가느다란 목이 부러질까 봐 나뭇가지도 받침대를 세워주었다. 나에게 빨간 맨드라미는 어린 시절을 그리게 하는 추억의 꽃이다.

한가위 명절이면 어머니가 맨드라미 꽃을 따다가 꽃 떡을 만들어주셨다. 새빨간 꽃과 까만 참깨와 햇밤과 대추가 다문다문 박혀 꽃밭을 연상케 하는 증편(기정떡)이었다. 장작불이 활활 타오르는 아궁이 위로 뜨거운 김이 모락모락 오르는 가마솥에서 쪄낸 꽃 떡은 보기만 해도 군침이 돌 정도로 먹음직스러웠다. 맨드라미 꽃은 증편뿐 아니라 송편에도 쓰였다. 보기 좋은 떡이 맛도 더 좋다고 했던가. 꽃수가 놓인 꽃 증편과 송편 맛은 아직도 잊을 수가 없다. 맨드라미 꽃송이 앞에서 옛 추억에 잠겼던 나는 어느새 가위를 들고 곁가지 꽃을 따서 바구니에 담고 있었다.

한가위만 되면 새 옷과 새 신발, 꽃 떡 등 맛난 음식은 물론, 친정어머니를 비롯해 잊고 지냈던 옛 어른들의 얼굴이 아른아른 떠오른다. 그립고 알뜰한 추억이다.

그런데 요즘은 명절에도 떡을 집에서 만드는 일이 드물다. 살아가기가 팍팍하고, 가족의 규모도 적다 보니 음식을 많이 만들지 않을뿐더러 차례나 제사를 지내는 집안조차 번거로움을 줄이기 위해 맞춤 음식들로 해결하는 경우가 대부분이다. 간단하고 편리해서 나 또한 적극 찬성이긴 하나, 맞춤 떡, 배달 음식만 먹고 명절을 지낸 아이들이 어른이 되었을 때 한가위 하면 무엇을 먼저 떠올리게 될까, 혹시 할아버지 할머니를 뵈러 가는 날 지루했던 교통체증만 기억하는 건 아닐까, 그런 생각이 들자 갑자기 세 손녀에게 추억을 만들어주고 싶었다.

지금 아이들은 집에서 송편 빚는 걸 볼 수가 없다. 간혹 유치원이나 초등학교에서 설날이나 한가위 앞두고 콩고물 묻힌 인절미나 송편을 빚어 보았다고 뽐내는 경우가 더러 있긴 하나, 맛보기 수준이라고 들었다. 그래서 이번 명절에는 손녀들과 맨드라미 꽃 송편을 빚어 보려고 서둘렀다.

일찍부터 서너 시간 불린 쌀을 방앗간에 가서 빻아다 놓고, 아이들이 도착하기 전에 양푼에 담긴 하얀 떡가루를 한 양재기씩 다섯으로 나누었다. 황금 고구마를 쪄서 노란 반죽을 만들고 삶은 쑥 갈아서 초록색을, 포도즙으로 보라색을, 당근즙으로 주황색 반죽을 만들었다. 마지막 남은 떡가루는 그대로 흰 반죽을 만들었다. 그리고 깐 밤, 꿀로 버무린 참깨, 울타리 콩, 풋팥으로 송편 소를 준비해 놓았다. 맨드라미 꽃까지 대접에 담아놓고 아이들이 도착하기를 기다린다. 귀요미 손녀들이 오면 둘러앉아 놀이 삼아 송편을 빚을 참이다. 이제 정성껏 마련한 오색 떡 반죽을 밤톨만큼씩 떼어내 소를 넣고 꼭꼭 주무른 다음 맨드라미 꽃잎을 하나둘씩 얹어 손가락 자국을 내면 예쁜 꽃 송편 완성이다.

온 가족이 한자리에 모였다. 간단히 식사를 마친 후, 두 아들 내외는 각각 볼일도 볼 겸, 시장 좀 봐 오라고 빈 가방을 손에 들려 내보냈다.

곧이어 초등학생과 유치원생인 세 손녀만 데리고 송편 빚기가 시작되었다. 나는 먼저 소가 반죽에 묻지 않도록 작은 수저로 떠 넣어 꼭꼭 주무르는 시범을 보였다. 그러나 고사리손인 아이들에겐 무리란 걸 깨닫고 일정한 크기로 반죽을 떼어주면서 맘대로 빚어 보라고 했다. 그랬더니 떡 모양이 참으로 가관이다. 동그라미와 네모, 세모에다 하트와 꽃, 별, 토끼와 돼지 등 동물도 있고 소와 꽃을 얹어 각가지 모양의 떡을 빚어 놓는 게 아닌가. 나는 지금까지 송편 겉면에 참깨, 콩 등의 소가 붙으면 지저분해 보인다고 질색이었다. 손자국이 깔끔하지 않으면 실패한 송편인 줄 알았다. 그러나 손녀들은 개의치 않았다. 힘들다고 연실 몸을 꼬면서도 샐샐거리고 눈치 봐가며 개성 있는 떡 빚기에 열중이었다. 꽈배기처럼 돌돌 꽈서 꿀로 버무린 참깨 소를 묻혀 낸 일명 꽈배기 떡을 빚어 놓고 즐거워한다.

　손녀들이 빚어 놓은 떡 쟁반은 귀여운 동물농장인가 하면, 또 예쁜 꽃밭이기도 했다. 매년 손자국 난 송편만 빚어온 나와 달리 손녀들의 꽃 떡은 정말 기발하고 신선했다. 손녀들과의 꽃 떡 빚기 체험은 대성공이었다. 그 떡을 그대로 이중 찜 솥에 올려 쪄냈더니 새롭고 산뜻하다. 떡 맛 또한 자꾸 주물러 그럴까, 송편 소가 중앙에 모이지 않고 반죽 사이로 고루 스며서 그럴까, 손녀들이 빚은 떡이 내가 빚은 손자국 송편보다 훨씬 더 쫀득쫀득하고 맛있다. 한마디 말로 입에 착착 붙는다. 때마침 각자 볼일과 장보기를 마치고 돌아온 제 엄마 아빠를 보자 자신들이 빚은 떡을 보여주며 으쓱하는 손녀들의 천진난만함은 내 눈꺼풀에 달아놓고 두고두고 보고 싶은 장면이었다.

솔직히 말하면 집에서 아이들과 떡 빚기는 번거로운 것이 사실이다. 그러나 분주함과 번거로움 이상의 보람과 기쁨을 맛볼 수 있었다. 커다란 접시에 소복이 담긴 꽃 떡과 온 가족이 빙 둘러앉은 풍성한 한가위 식탁! 바라만 봐도 배가 부르다.

어디 그뿐인가. 내게 있어 고향에서의 증편과 송편을 떠올리게 하는 빨간 맨드라미꽃이, 새 풀잎 같은 손녀들 가슴에도 오색 떡과 함께 추억의 꽃으로 새겨진 것 같아 뿌듯하고 흐뭇하다.

다육이

　우리 집은 뜰이 없다. 비좁은 터에 건물만 달랑 들어선 벽돌집이다. 그래도 다행인 건 꽤 너른 옥상이 있다. 우리는 입주하던 해부터 옥상에다 대형 화분을 이용해 상추, 쑥갓, 쪽파 등 각종 채소를 심고 모양이나 크기가 다른 사오십여 개 화분에는 사철 잎이 푸른 관상용 화초를 심어 정성껏 가꾸었다. 그런데 해를 거듭하면서 그들의 숫자와 몸집이 불어나자 점점 다루는 일이 부담스러워졌다. 한여름에는 피치 못할 사정으로 하루만 물을 못 줘도 이파리가 축축 늘어졌고, 겨울에는 추위에 취약한 식물이라서 행여 냉해 입을까 봐 담요를 들고 쫓아다녔다. 이처럼 철 따라 햇볕과 그늘을 찾아다니며 집 안팎으로 들여놓고 내놓는 일이 여간 번거로운 게 아니었다.

지난해 늦가을의 일이다. 된서리를 피해 옥상에 있던 아이비 화분을 힘겹게 들고 내려오다가 발을 헛디디며 그만 놓쳐 버렸다. 그날 화분만 깨졌으니 다행이었지, 그대로 계단으로 굴렀더라면 내 몸 한두 군데 크게 깨질 뻔했던 아찔한 순간이었다.

계절 바뀔 때만이 아니다. 간혹 집이라도 비우게 되면 얼어 죽을까 봐, 말라죽을까 봐 노심초사였다. 그렇게 근심 걱정을 달고 살다 보니 어느 날부턴가 꽃을 보며 즐기는 게 아니라 오히려 노예로 살고 있다고 느끼면서 갈등이 일었다. 고민 끝에 이웃의 부러움을 사며 자랑으로 여겼던 화초들을 미련 없이 처분하기로 했다. 아쉬움 반, 후련함 반으로 치우고 나니 빈자리가 썰렁하다. 그 허전함을 메우기 위해 이번에는 자잘한 다육이를 키워보기로 했다. 다육이는 덩치 큰 놈도 있지만, 내가 선택한 건 앙증맞고 작아서 다루기가 쉬울뿐더러 물 한 모금 못 먹어도 한두 달은 꿋꿋이 버틸 수 있다는 강단이 있어서 더욱더 맘에 들었다.

봄 내내 화원과 풍물시장을 들락거렸다. 그렇게 모아들인 다육이가 여름으로 접어들자 서른 여종이 훌쩍 넘었다. 그들을 들여다보는 재미 또한 쏠쏠하다. 흔히 말하기를 다육이는 게으른 사람이 키운다지만 막상 다뤄보니 그것도 맞는 말은 아니었다. 나는 다육이를 키우면서 세상을 다시 배우고 있다. 처음에는 다육이 종류가 엄청나게 많다는 데 놀랐다. 다양한 만큼 이름도 헷갈릴 정도로 복잡하다. 똑같아 보여도 이름이 다르다. 마치 쌍둥이가 외모는 비슷해도 이름은 다르듯이 말이다.

생김새도 천차만별이다. 손발톱같이 암팡지게 생겼나 하면 꽃잎처럼 연약하고 나무같이 다부지기도 하다. 넓적한 놈이 있는가 하면 통통한 놈이 있고, 동글동글한 놈이 있는가 하면 길쭉한 놈도 있다. 성질 또한 제각각이란 걸 알게 된 뒤로는 다육이 매력에 폭 빠졌다. 보면 볼수록 귀엽고 예쁘다.

하나하나 눈여겨보니 동물이나 식물이나 공통점이 있다. 항상 관심과 사랑을 먹어야 건강하고 반듯하게 자라는 건 물론이고, 장점이나 단점, 강함과 약함 또한 동시에 지녔다는 점이다.

다육이 잎에 힘이 빠지거든 그때 물을 주라는 꽃집 사장님의 당부를 기억하며 자꾸 수도꼭지로 손이 가는 걸 꾹 눌러 참았다. 조석으로 물뿌리개를 돌리던 버릇이 있어서 나름 엄청나게 기다렸다가 물을 주었는데 장마 기간인 걸 미처 몰랐다. 어째 날이 갈수록 비실비실하다 했더니 해충에다 무름 병을 앓는단다. 화원에서 가르쳐주는 대로 몽땅 뽑아서 소독하고

뿌리의 습기를 완전히 말린 후, 물 빠짐이 좋은 흙으로 분갈이
해주었다.

　다육 식물은 물과 거름을 안 주는 것보다 너무 줘서 죽이
는 경우가 허다하다고 한다. 하루에도 몇 차례씩 베란다와 옥
상을 오르내리며 화초에 물 주는 일이 몸에 밴 내 경우는 다육
이 키우기에 가장 어려운 점이 물 주기인 것 같았다. 일조량이
충분하고 환기와 통풍 잘 되는 곳이면 약 보름 단위로 물을 주
되, 그밖에는 화분 크기나 화분 속 수분과 주변의 습도 상태를
살펴가며, 물 주는 시기와 간격을 알아서 조절해야 한다. 그렇
게 관리하다 보니 실제로 죽이고 살리는 시행착오를 겪으며 우
리 집 기온과 환경에 맞는 분갈이와 물주기, 즉 나만의 비법을
터득하는 게 더 중요하고 확실한 성공법이라는 걸 깨닫게 되었
다. 그래서 몸집 불리기나 물 욕심이 없는 고놈들을 예쁘고 건
강하게 키우기 위해 틈나는 대로 눈썰미와 촉감으로 관찰하기
로 했다. 그러다 내 눈에 꽂히면 '다육이' 옆으로 바짝 다가가
속삭인다.

꽃인가 하면 잎이고
이파리인가 하면
꽃 같은 너를

그 누가
줏대 없다 하리
작아서 더 예쁜 너를.

수건

설 연휴 함께 보낸 아이들을 배웅하고 현관으로 들어섰다. 아이들이 다녀간 집 안팎은 한바탕 태풍이 휩쓸고 간 광야처럼 씰렁하다. 나는 방 안 공기를 환기하기 위해 장문을 활짝 열었다. 손녀들이 놀이하던 장난감이며 사방 흩어진 세탁물을 주섬 주섬 바구니에 주워 담았다. 수북한 수건을 하나둘 집어 들고 툭툭 털어 세탁기에 집어넣다 말고 중얼거렸다.

"그새 많이도 썼구먼."

이틀 동안 어른과 아이가 욕실 들락거리며 사용한 수건이 한 무더기였다. 세탁물을 먹은 세탁기가 무겁게 돌아가는 시간에 나는 거실 창가에 앉아 어린 시절로 돌아가 있었다.

우리가 자랄 때는 수건이 귀했다. 부모님까지 일곱 식구가 아침이면 줄 서서 세수하고 수건 한 두 장으로 물기 묻은 얼굴을 다 닦았으니까. 먼저 세수한 형제가 수건 한 귀퉁이로 닦고 건네면 그다음이 수건을 받아 또 한 귀퉁이로 닦고 딱 자기 얼굴만큼만 사용했다. 늘 형 먼저 아우 먼저 하며 축축해진 수건으로 물기 닦는 순서를 기다리다가도 가끔은 내가 먼저라고 서로 잡아당기기도 했다. 특히 문풍지 사이로 황소바람이 들어오고 윗방 걸레가 땡땡 얼어붙는 동지섣달, 고양이 세수로 인해 코딱지 묻은 수건을 들고 티격태격하다 어른들께 혼꾸멍나기도 했었다. 그렇게 궁핍함 속에서 절약과 배려를 배웠다고 하면 웃는 이들도 있겠지만, 우리는 얼굴 닦는 수건조차 돌려쓰면서 자랐다. 그랬는데 요즘은 나부터 누군가 한번 사용한 수건은 젖었건 말랐건 다시 쓰지 않는다. 그것도 머리, 몸, 발 따로 사용하니 세탁 바구니에 수건이 가득 쌓일 수밖에….

안방으로 들어와 장롱 서랍을 열어보았다. 포장지를 뜯지 않은 톡톡한 새 수건이 차곡차곡 쌓여 있다. 몇 해 전만 해도 시골 형님께 갖다 드리면 기뻐하셨는데, 언제부터인가, 시골에도 많으니 가져오지 말라고 해서 갈 곳을 잃은 수건들이다. 그중 서랍 밑에 깔린 커다란 수건을 꺼내 펼쳐보았다. 젊은 시절 경

포대 해수욕장에서 구매한 '강릉 경포대'라고 쓰인 오렌지색 꽃무늬 수건과, '속리산 관광 기념'이라고 쓰인 산수화가 그려진 수건이다. 두 아들이 아기였을 때 포대기로 폭 싸 등에 업고 내 어깨에다 망토처럼 두르고 브로치를 꽂으면 외투가 필요 없고 한겨울 칼바람도 겁나지 않았었다. 그 외에도 욕조에서 꺼낸 귀여운 아이들을 머리부터 발끝까지 돌돌 말아 젖은 물기를 뽀송뽀송하게 닦아주었고, 여름밤에는 잠든 배꼽을 덮어주던 수건이었다.

강산이 네 번이나 변한 세월이 흘렀건만 여전히 색이 곱고 보드라운데 마땅히 쓸 곳이 없다. 등에 업고 망토처럼 감쌀 아기도 없고 전처럼 몸에 둘둘 감고 해수욕장 맴돌 일은 더더욱 없다. 아이들이 초등학교 때만 해도 학교에서 청소할 걸레 가져오라고 하면, 낡은 수건 한 장 직사각형으로 착착 접어 바늘로 촘촘 누벼서 보냈다. 그날이 떠올라 큰 수건을 접어서 도톰한 발 깔개라도 만들어볼까 했으나, 수건보다 물기 잘 빨아들이고 때가 잘 빠지는 예쁜 발 깔개가 집안에 널렸으니 그도 괜한 짓이지 싶었다.

추억이 담긴 탓일까. 시대가 바뀌었건만 나는 어르신 생신이나 아기 돌잔치, 경조사 답례품으로 받아온 이름 박힌 수건과 단체 행사 때 기념품으로 나누어준 수건들을 소중히 보관해 왔다. 그런데 다시 보니 비우지 못하고 나누지 못한 욕심으로 여겨져 착잡했다.

"이걸로 뭘 한담!"

한참을 옛 생각에 잠겨있는데, 세탁기가 빨래를 끝냈다고 신호를 보내왔다. 탈수된 수건을 한 장 한 장 펼쳐서 건조대에 널어놓고 방으로 들어온 나는 곧 장롱 서랍에 묵혀있던 새 수건들을 다시 꺼냈다. 아끼던 속리산 산수화와 오렌지색 꽃무늬 큰 수건까지 납작하게 개어서 한 보따리 싸 들고 현관을 나섰다. 수건 한 장을 돌려쓰던 내 어린 시절처럼 수건이 필요한 어딘가로 찾아가길 바라면서 근처 재활용품(헌 옷 수거함) 상자에 모두 넣었다.

'진작 비울 걸.'

헐렁해진 장롱을 보니 세탁하기 전 무겁던 기분이 홀가분해져서 날아갈 것 같았다.

석사천 찬가

해가 서산 너머로 자취를 감추면 나는 운동화를 신고 집을 나선다. 장마에 범람한 흙탕물이 한바탕 휩쓸고 지나간 끝이라 한층 깨끗해진 석사천은 징검다리 아래로 물이 잘방잘방하나. 개울물이 넉넉하게 흘러갈 때면 생뚱맞게 빨래를 빨고 싶은 충동을 느끼곤 한다. 널찍한 돌에다 대고 비누칠한 빨래를 조물조물 주물러서 맑은 물에 절렁절렁 흔들고 싶어진다. 아마 나처럼 개울에서 빨래 빨아본 사람은 징검다리 건널 때면 빨래터에 대한 향수를 떠올릴 것이다. 그렇듯 빨래 방망이질 장단을 상상하며 '석사천 길'을 걷는다.

노래하는 개울 따라
걷고 걷는 길

올라가면 대룡산 내려가면 공지천
멍울진 애기 토끼풀 물풀이랑
풀어놓으며
하늘머리 꽃구름 같이
가분가분 걷는 길

우리 마을 행복 동네
걷고 걷는 길
이리가면 풍물장 저리가면 낭만장
나 징검다리 송사리 물오리랑
한참 놀다
바람이 불면 부는 대로
나붓나붓 걷는 길

지상의 별꽃이 하나둘 어둠을 밝히는 저녁, 개울을 끼고 양측으로 난 자전거 도로로 산책 나온 이들이 북적인다. 자전거를 타고 천천히 달리는 이, 뛰어가는 이, 양팔과 엉덩이를 신나게 흔들며 걷는 이, 음악을 들으며 노닥노닥 가는 이, 중간 중간 놓인 운동기구에 매달린 이, 저마다 건강을 지키기 위해 필사적이다.

선들바람이 부는 밤이면 나는 운동 외에도 정다운 벗과 함께 큰 다리 밑 의자에 걸터앉은 채 흐르는 물소리를 반주 삼아 조곤조곤 이야기꽃을 피우기도 한다.

한번은 동네 어르신께 석사천에 얽힌 추억담을 듣다가 개울물 소리보다 더 크게 박장대소 했었다. 지금은 할아버지가 된 그 꼬마는 어둑어둑하면 어머니와 누이들이 목욕하러 가는 줄 뻔히 알면서도 짓궂게 따라다녔다고 했다. 하루는 이웃 형들 따라 석유칠 한 솜방망이 횃불을 들고 석사천에서 물고기를 잡아 왔는데, 집에 둘 데가 마땅치 않아서 물이 담긴 요강에 넣어놓고 잠이 들었단다. 한밤중 비명에 깨보니 소변보던 어머니가 너무 놀라서 요강을 발로 차버리신 게 아닌가. 캄캄한 방 안에 펄쩍펄쩍 뛰는 물고기를 상상하는 것만으로도 큭큭 웃음보가 터져 나왔다.

그런가 하면 6. 25동란 전에 춘천 동면에서 시집왔다는 이웃 형님이 풀어놓은 얘기 보따리는 과거의 석사천 모습이 어떠했는가를 연상케 해 주었다. 형님 새댁시절의 석사천은 공동 빨래터였다고 한다. 지금 남춘천역 개울쯤에 허리를 뚝 자른 드럼통을 아궁이에다 걸어놓고 돈 받고 빨래만 전문적으로 삶아주는 빨래방이 있었단다. 아낙네들의 애벌 빤 빨래를 표시한 후 묶어서 양잿물 푼 솥에 넣고 푹 삶아 건지면, 각자 빨래를 찾아다 맺힌 한을 풀듯 방망이로 실컷 두드려서 하얀 물이 나오도록 뽀얗게 헹구고 또 헹구었다. 더러 미군 부대서 나온 물건을 빨래 보따리에 감춰서 팔러 다니는 아줌마가 있었는데, 석사천에 나타나면 아낙네들은 빨래 빨다 말고 벌떼같이 모여와 필요한 물건을 구매하였단다. 당시 석사천은 여인들의 소통의 장인 동시에 빨래터였고, 한여름 밤은 자연 노천탕이 되었다.

그렇듯 맑은 물의 석사천도 집중폭우가 쏟아지는 장마철이면 번번이 근교 논밭으로 물이 범람하여 농작물에 피해를 주었다. 그래서 침수를 막기 위해 정부에서 주는 밀가루 품삯을 받고 주민들이 총동원되어 개울둑을 쌓았다고 한다.

그 후로 꽤 오랜 세월이 흐른 어느 날부터인가, 석사천에 콘크리트 축대가 높이 쌓이고 고층아파트 단지가 들어서기 시작했다. 논밭에 빼꼭히 들어선 주택과 상가에서 발생하는 생활하수와 쓰레기더미로 한때 악취가 코를 찌르는 골칫거리 하천으로 전락했었다. 당시 여울물에선 거품이 부글거리고, 시커멓게 썩은 고인 물에서 허연 배를 드러낸 물고기가 둥둥 떠다니는 지저분했던 기억이 선명하다. 그렇게 시름시름 죽어가던 개울이 환경 살리기 사업으로 되살아나서 맑은 시냇물이 되었으니 고마울 뿐이다.

지금 나는 수북한 빨랫감은 세탁기에 맡기고 은빛 송사리 떼가 노니는 시냇가, 아름답고 멋진 체력단련장이 있는 석사천에서 호사를 누리고 있다. 갈대숲이 서걱거리고 풀꽃 향기가 상큼한 산책길을 걷고 든든한 징검다리를 건너며 석사천 물길의 흐름을 본다. 석사천 발원지는 대룡산 골짜기이고, 물줄기를 곧장 따라 내려가면 공지천이다. 내친김에 조각공원, 에티오피아 기념탑을 돌아보고 춘천 출신 이외수 작가님의 소설 황금비늘 거리를 지나서 MBC 동산까지 걷고 왔더니 무리했나 보다. 다리가 아프다. 그래도 석사천 바람이 좋아서 저절로 콧노래가 흥얼거려지는 여름밤이다.

건강이 사랑이네요

오후가 되자 남편이 슬며시 현관문을 열고 나간다. 한겨울이라 텃밭에도 못 가고 코로난지 뭔지 하는 바이러스 극성으로 일상이 멈추어버린 날이 지속되고 있다. 그래도 하루도 빠짐없이 하천 산책로를 한 시간 이상 걷는 남편이다. 더우면 조석으로, 추우면 햇볕이 좋은 때를 봐서 걷고 또 걷는다.

음식도 과음이나 과식하는 일이 거의 없다. 하지만, 세끼를 밥이나 국과 찌개로 꼬박 챙겨야 하니까 나로선 솔직히 귀찮을 때가 많다. 그래서 산책하고 들어온 남편에게 조심스럽게 의중을 떠보았다.

"남들은 아침엔 대부분 우유나 빵 종류로 간단히 때운다는데… 해도 짧은데 우리도 한 끼는 고구마나 음료수로 대충 먹으면 안 될까~요."

그러나 식사만큼은 정시에 세 번을 꼭 챙겨 먹어야 한다는 단호한 고집에 삐죽한 내 입이 더 삐죽해진다.

'에구. 내 팔자야. 삼시 밥과 국으로 잘 말아 드시고 마르고 닳도록 건강하게 사시우.'

그렇게 입속으로 우물거리며 또 쌀을 씻어 밥을 지을 수밖에 없다. 지금처럼 간편한 먹거리가 지천인 세상에 밥과 국물만 찾는 고집통이 어디 있냐며 싱크대 앞에 서서 어정거리는데 식탁 위에 놓인 휴대폰에서 음악이 흘러나온다.

삼 년 전에 남편과 사별한 선배가 걸어온 전화다. 우선 전화 건 용건을 주고받은 후 서방님의 건강은 어떠시냐, 요즘 무얼 하며 지내시냐고 묻는다. 나는 이때다 싶어서 이런저런 불만을 소곤소곤 늘어놓았다. 그랬더니 은근히 나를 나무라기 시작했다.

"집안에서 종일 빈둥거리며 시시콜콜 잔소리를 늘어놓아도 남편이 든든한 동반자였다는 걸, 먼 길 떠난 뒤에야 알았지 뭐야. 그러니 그대도 서방님께 잘하시게나. 나중에 나처럼 가슴 치며 후회하지 말고."

"그런 줄은 아는데 그게 글쎄요."

"그렇게 건강을 스스로 알아서 잘 챙기시니 고마운 일 아닌가, 그게 바로 아내에 대한 사랑이지 뭔가."

"그런가요. 그러고 보니 서로 건강한 게 사랑이네요."

잠시 정신 교육을 받고 손에 쥔 휴대폰을 내려놓는데 거실에서 TV를 시청하던 남편이 주방으로 들어선다.

"무슨 통화를 그렇게 오래도록 해."

말끝이 채 떨어지기 바쁘게 선배가 나에게 들려준 훈계를 백팔십도 돌려서 남편에게 들려주었다.

"그저 남자들은 무조건 잔소리하는 마누라가 옆에 있을 때 잘하래요. 잘났건 못났건 그냥 마누라한테 잘하래요."

그렇게 삐죽한 입으로 열변을 토했건만, 남편은 귓등으로 듣는 둥 마는 둥이더니 퉁명스럽게 어서 저녁밥이나 차리란다. 이궁~~

노안이 부른 참사

초저녁 폭 들었던 잠을 통증이 또 흔들어 깨웠다. 내 아랫도리의 반란이 확산된 건 바로 사흘 전 밤부터였다. 근질거림에 국국 쑤시는 증상이 보내시넌서 신제에 석색 신호등이 켜졌다. 증세가 심상치 않았으나, 자정이 가까운 시간대라 약국으로 달려갈 수도 없었다. 똥줄이 탄다는 표현은 이럴 때 가리켜 생겨난 말이리라. 침대에서 내려와 속옷 차림으로 방바닥에 쪼그리고 앉았다. 아픔이 약간 가라앉는 듯했지만 쉽게 잠들기는 영 틀린 것 같아서 컴퓨터를 켰다. 어차피 지새워야 할 밤이라면 컴퓨터 앞에서 견뎌 볼 참이었다.

불과 닷새 전 일이었다. 화장실에서 볼일을 보고 일어났는데 내 두 다리 사이에 낀 항문이 근질거렸다. 전에도 간혹 그럴 때가 있었는데 연고(?)를 바르고 치유된 경험이 있었기에 망설임 없이 약통을 뒤적였다. 곧 손에 잡히는 연고를 꺼내 가려운 곳에 살살 펴 발랐다. 그 후로 3~40분 정도 지났을까, 아랫도리가 후끈거리는 증상을 느끼고 벌떡 일어섰다. 서랍에서 꺼내든 연고의 자잘한 글씨를 콧등에 걸린 돋보기로 읽어내리다가 아뿔싸! 그만 뒤로 넘어갈 뻔했다.

"이걸 어쩌나."

내가 바른 약은 예전에 효험을 보았던 그 연고가 아니었다. 지난여름 동생이 와서 두어 번 사용하다 두고 간 무좀 치료제였다. 원 세상에, 항문에 무좀약을 바르는 멍청이가 나 말고 또 있을까. 찬찬하지 못하고 덤벙거린 실수가 유발한 사건이다. 얼른 화장실로 달려가 무좀약 바른 부위에다 냉수 샤워기 대고 수도꼭지를 틀었다. 뼛속까지 닦아내는 기분으로 한참 시원하게 약 기운을 씻어 내렸다.

그리고 뭐 별일이야 있으려고…. 혼자 중얼거리며 집안 일 하느라고 근질거림을 잊어버렸다. 수돗물 하나로 쉽게 치유된 줄 알았는데 어둠이 내리자 항문 가려움증이 스멀스멀 고개를 드는 게 아닌가. 그래도 첫째 날과 둘째 날의 괴로움은 견딜만했다. 관리만 잘하면 차차 가라앉겠지 했으니까. 그러나 사흘

째 밤 증상은 더욱 심각해졌다. 두근두근 쿡쿡 쑤시고 근질근질 쓰리고 아프다. 조금 더 심해지면 정신 줄을 놓을 것 같은 두려움에 휩싸였다.

손톱 밑에 실 가시가 박혀도, 치아 한 대가 말썽을 부려도 온몸이 들썩거려서 혼을 쏙 빼놓는다. 그런데 위아래 중간지점인 항문의 반란은 손톱이나 치아에 비할 바가 아니었다. 의자에 걸터앉았다가 움찔움찔 놀라는 건 고사하고 남에게 보일 수 없는 은밀한 부위인 터라 망신스럽고 창피해서 당장 가족에게조차 입도 벙긋할 수 없었다. 더구나 무지와 실수로 발생한 생병이라서 끙끙 속앓이까지 감수하려니 고통이 배가 되는 기분이었다.

온몸을 뒤틀어가며 컴퓨터 앞에 웅크리고 앉아 자판을 두드려 보지만 아랫도리로 쏠리는 신경은 내 의지로 막을 방도가 없다. 아린지 쓰린지 가려운지 도무지 분간할 수가 없다. 게다가 불난 집에 부채질하듯 뒤는 왜 그렇게 자주 마려운지, 그럴 때마다 청결을 유지하려니까 마치 새살에다 청양 고춧가루를 뿌렸을 때와 흡사했다. 참고 참다못해 자리에서 일어섰다. 나는 곧 화장실로 들어가 옷걸이에다 속옷을 훌훌 벗어 걸고 변기 위에 올라앉았다.

마치 로뎅의 작품 '생각하는 사람'처럼.

시간이 지나면서 한겨울 냉기가 들먹들먹한 증상을 가라앉힌 걸까, 불안감이 다소 사라졌다. 한참 고정 자세로 앉아 진짜 생각하는 사람이 되어 나를 들여다본다. 속이 허옇게 드러나 보이는 숱 없는 머리와 축 처진 눈꺼풀, 자글자글한 주름 등 내 맘에 드는 구석이라곤 단 한 군데가 없다고 투덜거렸는데, 지금 보니 정수리에서 굳은살 박인 발뒤꿈치까지 소중하지 않은 곳이 없다는 걸 새삼 깨닫는다.

지금까지 아무거나 입에 넣으면 맛있게 먹고, 땅에 머리 대면 잘 자며 살아온 날들이, 그리고 아직도 살아 숨 쉬고 있다는 사실이 감사해서 눈시울이 촉촉해진다. 무얼 더 바라겠나. 가슴팍으로 양팔을 가지런히 모았다. 밤중에 벌거벗은 여자가 변기 타고 앉아 어린 사무엘처럼 하늘을 향해 기도 올리는 모습을 누가 봤다면, 그 어느 때보다 경건하고 진지한 표정이었다면 대번 실성한 줄 알고 줄행랑쳤을 것이다.

그렇게 밤새 화장실을 들락거리느라 잠을 설쳤다. 밤중에는 병원문만 열리면 한걸음에 달려가리라 다짐했는데 날이 밝자 된불이 꺼지면서 되살아난 창피함이 스멀스멀 고개를 들었다. 병원을 향해 종종걸음 걷던 길목에 약국이 눈에 뜨이자 방향을

틀어 유리문을 열고 들어섰다. 젊은 여 약사 앞에 바짝 다가서서 병세를 속삭이듯 알려주고 염증 완화제와 순수생약 소염제를 사 들고 집으로 돌아왔다.

약사가 일러준 대로 각각 두 알씩, 한 번에 네 알씩 삼시 삼켰건만 근질거리고 욱신거리는 증세는 날이 저물어도 전혀 차도가 없었다. 늦은 밤, 이러다 염증으로 번지는 건 아닐까 하는 공포감으로 춘천 시내를 벗어난 외곽지대 약국을 찾아갔다. 항생제 열 알을 또 구매하고 한 알씩 하루 세 번을 맹물로 삼켰다. 호전의 기미가 보이지 않는 게 미심쩍었지만 약을 먹었으니 최소한 하루 이틀은 더 두고 봐야지. 그런 심정으로 기다렸는데 약국에서 사 온 약을 먹은 게 부작용을 일으켰나 보다. 전신 두드러기로 밤새도록 긁적거리다 결국에는 병원 문을 두드리게 되었다.

"무좀약 좀 발랐다고 이렇진 않을 텐데, 혹시 빡빡 씻은 거 아니에요?"

나는 빡빡이란 의사 물음에 말 한마디 대꾸 못 하고 처방전만 들고 나왔다. 그래도 망신스럽다고 쉬쉬했던 사건을 탁 까놓고 나니 앓던 이 빼고 온 날처럼 후련했다. 그날 이후 병원을 몇 차례 더 다녀와서야 똥줄이 타들어 가던 항문의 반란을 겨우 잠재울 수 있었다.

그렇게 실수한 대가를 혹독하게 치르고 나서 깨달았다. 실수는 감추지 말고, 병은 자랑하고, 아프면 병원 가서 의사에게 진료받고 처방약을 복용해야지, 내 몸은 내가 가장 잘 안다며 숨기고 맘대로 약을 남용하면 호미로 막을 걸 나중에는 포클레인으로도 막지 못한다는 사실을 말이다.

　약물 오용 부작용으로 고질병을 앓는 사람도 꽤 있다는 얘기를 듣고 나니 등허리로 식은땀이 흐른다. 하마터면 큰일 날 뻔했다고 쓴웃음으로 가슴을 쓸어내렸다.

냉파

송 여사 이야기

손주를 태운 어린이집 버스가 골목을 빠져나갑니다.

버스가 보이지 않을 때까지 손 흔들던 송 여사가 집으로 들어왔습니다. 현관에 신발을 벗자마자 대뜸 주방으로 달려가 냉장고 문을 활싹 열어젖혔지요. 다양한 음식들이 시골집 장작더미처럼 쌓인 냉장실은 마치 주인의 여유 없는 일상을 보는 것 같아 눈살이 찌푸려집니다.

"그럼, 슬슬 시작해 볼까?"

송 여사는 호기심 어린 눈빛으로 냉장고를 뒤적거리기 시작합니다. 뒤적거린다기보다는 무얼 먼저 꺼내먹을까 궁리 중이라는 게 적절한 표현이겠지요.

맞벌이 아들 내외와 귀여운 손자를 위해 춘천에 남편 홀로 남겨두고 엊그제 급히 서울로 온 송 여사입니다. 그동안 들락날락한 도우미들은 청소와 세탁 등 딱 일당만큼만 움직였나 봅니다. 냉동실 역시 빼곡한 비닐봉지와 그릇들이 피난민 열차를 방불케 하는 걸 보면….

보통 안팎이 바쁘게 사는 집 냉장고 안은 보나 마나 휑합니다. 다음 끼니에 먹어야지 하고 넣어 두었다가 유통기한을 넘기는 일이 허다하거든요. 그런데, 그걸 시어머니가 뒤적거리고 참견하는 건 며느리의 자존심을 건드리는 거라는 생각이 들어서 냉장고 근처는 아예 얼씬도 안 했지요.

그런데 이번엔 사정이 좀 다르네요. 도우미가 개인 사정으로 갑자기 그만두게 된 후로 새 도우미 구하기가 마땅치 않답니다. 아들 내외가 간곡히 도움을 청했지만, 매번 완강히 거부하던 송 여사가 당분간이나마 고집을 꺾고 아들 집으로 합류한 사연은 따로 있었습니다.

"할머니는 손주를 봐주는 게 그렇게 힘들어요?"

"아니다. 내가 너를 얼마나 사랑하는데."

"그럼 할아버지 할머니, 여기 와서 같이 살아요. 네!"

하나뿐인 손주의 그 애원 한 마디로 손톱도 안 들어가게 꼭 닫혔던 송 여사의 마음이 열리고 말았습니다. 그리고 아들 집에 발 한 짝만 들여놓고 기웃거릴 게 아니라 이왕 닥친 일, 두

발 폭 담그고 젖어 살기로 작정했지요. 송 여사는 어제 이른 저녁 식사를 마친 후 찻잔을 놓고 며느리와 마주 앉았습니다.

"애야 내가 냉장고를 맘대로 정리해도 되겠니?"

"당연하죠. 어머니, 그럼 지금까지 냉장고를 맘대로 못 여셨어요?"

"시어미가 며느리 방과 냉장고 안을 뒤적거리는 게 며느리 입장에선 여간 스트레스가 아니라고 하더구나."

"어머나, 저는 그렇게 생각하시는 줄 전혀 몰랐어요."

"그러냐! 그럼 지금부터 내가 냉파를 실행해도 싫어하지 않겠다."

"냉장고 파먹기요? 저야 그래 주시면 좋지요. 호호"

"그래 좋다. 난 낼부터 냉장고만 파먹고 살게. 하하하"

"네 어머니, 그럼 냉장고를 부탁할게요. 호호홋"

그렇게 며느리 허락을 받고 송 여사가 당당하게 냉장고를 휘젓기 시작한 겁니다.

도대체 사는 게 뭔지요. 맞벌이하느라고 친정과 시댁에서 정성껏 만들어 보낸 각종 김치와 밑반찬을 꺼내먹을 시간조차 없이 동동거렸다니 말입니다. 냉동실에는 고춧가루, 피자 조각, 만두, 찐 옥수수, 마른 멸치, 곶감 말랭이, 묵나물 등 아무튼 없는 거 빼고 다 모인 만물상입니다. 그중에는 봉지와 그릇이 낯

익은 걸 보아 송 여사가 바리바리 싸서 보낸 먹거리도 꽤 많은 자리를 차지하고 있더군요.

송 여사는 당장 어린이집에서 돌아온 손주 입에 들어갈 간식부터 만들기로 했습니다. 메뉴를 궁중떡볶이로 정하고 동태가 된 가래떡을 냉동실에서 꺼내 놓았지요. 먹거리뿐만 아니라 이왕 냉파 하는 김에 마음 속의 얼어붙은 냉파(?)까지 다 녹여 먹어치워야겠다고 다짐합니다. 그리고 조반으로 전자레인지에서 꺼낸 피자 조각과 커피 한 잔 들고 식탁에 앉아 라디오 스위치를 눌렀습니다.

당분간 시장 갈 일 없을 것 같으니 그 시간은 좀 누려보려고요. 냉파의 여유를….

* 냉파 : 냉장고 파먹기

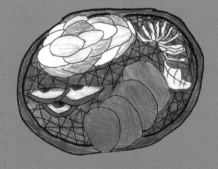

지금이
좋다

가끔은 실없는 말이 듣고 싶습니다. 눈에 보이는 그대로의 말이 아니라,
마음의 온기를 품은 말들. 오해 없이, 꾸밈 없이, 그저 부드럽게 귀에
스며드는 그런 말들을요.

느리게 배우기

요즘 텔레비전을 시청하거나 신문, 인터넷을 보다 보면 MZ 세대라는 암호 같은 단어가 빈번하게 등장한다. 예전에는 X세대, Y세대, Z세대라고 있었는데 MZ는 또 뭐지? 궁금해서 인터넷을 뒤적여 보았다. 언론이 만들어 낸 용어로 국내에선 연령대를 대강 10년 간격으로 층(특징 포함)을 구분해 놓은 약자라는 걸 알아내고 '아하! 또 하나 배웠네.'라고 중얼거리며 고개를 끄덕였다.

내가 어릴 때는 누런 종이에 흑백 삽화가 양념처럼 섞인 위인전이나 만화책이 전부였다. 책 읽기를 즐겼던 나는 그런 책을 책장이 해지도록 읽고 또 읽었다. 그러다 컬러 사진과 그림이 동시에 등장해 눈을 호강시키더니 이제는 휴대폰에 메시지와 이미지, 음악이 담긴 동영상이 시도 때도 없이 등장해 오감을 자극한다. 현재는 소통 매체로 짧게(10분 내외) 편집된 유튜브가 단연 선두란다. 그래서 나도 젊게 살아보고자 평생교육원, 복지관 사회화 교육 프로그램에 휴대폰반, 영상반 등을 수강 신청하고 몰두해 보지만 디지털 세대를 쫓아가기가 숨차다.

엊그제는 잠자리에서 눈을 뜨자마자 친구가 보낸 동영상 하나를 들여다보다가 그만 웃음보가 터져버렸다.

"남편은 어떤 분이세요?"

질문을 받은 여인이 단 1초의 망설임 없이 시원하게 대답했다.

"내 인생의 로또예요."

나는 순간 '세상에! 남편을 로또와 비교하다니, 저 부부는 엄청 행복한가 보다.'라고 속으로 부러워했으나 곧이어 나온 반전에 빵 터지고 말았다.

"안 맞아요. 하나부터 열까지 한 개도 안 맞아요. 어쩜 그렇게도 죽어라 안 맞는지 모르겠어요."

당첨되면 대박이라는 로또의 본질적 의미를 비유한 게 아니라, 매번 구매하지만 한 번도 맞지 않아 허무함만 안겨준다는 의미로 반전을 줘서 웃음과 공감대를 끌어낸 것이다.

MZ세대들의 표현력은 이런 식으로 기존의 흐름을 깨는 내용이 주를 이룬다. 사고의 차이로 인해 비유하는 방식도 우리 세대와 확연히 다르다. 좋게 말하면 솔직하고 당당하나, 반대로 말하면 너무 당돌하고 맹랑하다고 할까. 어쨌든 매사 거리낌이 없고 틀에 박힌 평범한 표현과 사고방식을 거부하는 건 사실이다.

원인은 여러 가지가 있겠지만 우선 가치관의 변화로 중요시하는 것의 기준이 예전과는 많이 달라졌기 때문일 것이다. 그런데 좀 더 생각해 보면 이런 가치관의 변화가 생기게 된 이유는 생활환경의 변화, 즉 모든 게 편리해지고 신속해진 덕분이 아닐까 한다. 주판으로 계산하고 앉은뱅이 전화기로 통화하며 발품 팔던 세대와는 모든 면에서 차이가 발생할 수밖에 없다.

예전에는 종이책을 통해 진리와 지식을 탐구했다면 현재는 컴퓨터와 휴대폰에서 지식을 터득하고 각종 정보를 얻는다. 굳이 학교나 학원을 나가지 않아도 유튜브로 유명인의 글쓰기 강의를 신청해 들을 수 있고, 세계여행까지 인터넷으로 숙소를 예약하고, 일정을 계획할 수 있으니 꿈같은 시대를 살고 있다.

어디 그뿐인가. 당장 글을 쓰다가 모르는 단어나 띄어쓰기도 인터넷을 검색하면 가르쳐 준다. 반찬 만들다가 조리법을 잊었으면 휴대폰을 손에 쥐고 손가락으로 톡톡 터치한다. 손바닥만 한 작은 기기 안에 각종 요리 방법은 물론이고 비행기와 배, 전철과 버스 등의 탈것들 출발시간 및 노선표, 심지어 식물 이름과 음식점 찻집까지 다 들어있다. 자투리 시간에 장보기와 은행 업무까지 손 안에서 싹 해결할 수가 있다.

정보통이 내 머리와 혀보다 더 정확하다. 엊그제는 AI가 썼다는 시를 읽고 기계 덩어리가 이런 감정표현이 가능한 것인지, 한동안 입이 다물어지지 않았다. 지난 명절에 온 아이들이 누구 할 것 없이 휴대폰 삼매경에 빠져 서로 나가도 들어와도 모르는 행동들이 충분히 이해가 된다. 그래서 나도 빛의 속도로 변하는 시대를 따라가려다 보니 꼬리에 매달려 좇아가는 것도 기운이 달려 지칠 지경이다. 밥은 전기밥솥이 짓고 빨래는 세탁기와 건조기가 해결해 주는 데 마음은 점점 더 여유가 없다. 가족끼리 만나도 서로 대화 나눌 시간조차 없이 바쁘다, 힘들다를 입에 달고 동동거리게 되니 말이다.

유튜브에서 이런 이야기를 들었다. 인디언들은 말을 타고 달려가다가 말도 자신도 지치지 않았는데 잠깐씩 멈춰 선다고 한다. 이유를 물어봤더니 '내 영혼이 미처 못 좇아올까 봐 기다리고 있다.'라고 대답하더란다. 그 얘기를 듣자마자 순간 멍해지는 기분이었다.

가지면 가질수록 더 욕심이 생기고, 편하면 편할수록 삶이 더 팍팍하게 느껴지는 이유가 뭘까를 곰곰 생각해 보았다.

아무리 과학이 발달해도 기기는 사람답게 살기 위한 도구에 불과할 뿐, 사람이 먼저다. 그러니 가끔은 휴대폰에서 나를 떼어놓는 연습을 해야겠다. 더러는 머리에 저장해 둔 숫자를 꾹꾹 눌러 사랑하는 가족과 친지들에게 안부 전화도 걸어보고, 소반 위에 책 한 권 올려놓고 느긋하게 앉아 뒤적여도 봐야겠다. 어차피 나는 아날로그 세대인 걸⋯. 톡톡 튀는 디지털 세대 감성과 달리 머리와 손발이 느린 걸 인정하고, 모르면 Z세대나 MZ 세대에게 도움 청하는 것도 소통의 한 수단이리라. 그렇더라도 배움의 자세만큼은 마지막 날까지 잃지 말아야겠지.

춘천댁의 행복

지난여름, 서울 모 독서 모임에 참석했다. 초면인 문우가 어디서 왔느냐고 묻기에 춘천댁이라고 말했더니 반색하는 그녀가 퍽 인상적이었나. 본인은 내전댁이라고 소개한 그녀는 대학생 시절 화창한 봄날, 친구들과 강촌을 다녀갔던 게 춘천 여행의 전부라고 했다. 그렇건만 그 시절 강촌과 구곡폭포 봄 풍경이 잊히지 않는 추억이 되었다며 춘천은 그리움의 도시라고 치켜세우는 바람에 더위로 축 처졌던 내 어깨가 덩달아 으쓱해졌다.

내 고장을 그리워하는 문우를 만나서일까, 들뜬 기분으로 그녀의 기억 속 강촌과 지금이 어떻게 달라졌는지 말해 주었다. 그렇게 춘천 이야기로 공감대를 형성하다 보니, 말미에는 춘천에 오면 더 확실하게 안내해 주겠다며 길 도우미까지 자청하는 지경에 이르렀다.

아무래도 어린 손주를 돌보느라고 시간에 쫓기면서도 문학의 끈을 놓지 못해 주말 독서 모임에 참석했다는 그녀가 몇 년 전 손녀를 돌보던 내 처지와 너무 흡사해 쉽게 마음 빗장을 풀었던 것 같다. 날씨가 선선해지면 휴일을 이용해 그녀가 먼저 춘천을 다녀가기로 약속하고 헤어졌다.

상봉역에서 전철을 타고 집으로 돌아오는 길, 창밖을 바라보았다. 수많은 사연을 싣고 쉬지 않고 달리고 또 달리는 경춘선, 누군가에게는 젊은 시절 고운 추억으로, 또 누군가에게는 아픈 기억을 남겼을 길이라고 상상하니 휙휙 지나가는 창밖 풍경들이 새롭게 보였다. 아침에 서울로 올라갈 때는 모든 게 당연한 줄 알았고 무심히 바라보았던 마을이고 강산인데 말이다. 대전 문우의 치켜세움으로 기분이 들떠서일까, 아니면 서울 콩나물시루 전철 안 체증이 뻥 뚫려서일까, 노을빛에 물든 산등성이며 도도하게 흐르는 강물의 반짝거림이 해돋이 못지않게 눈이 부셔서 가만히 손 모으고 눈을 감았다.

생전 처음 본 대전댁에게 덜컥 춘천 길 안내를 약속하고 집에 돌아온 뒤 괜히 공수표를 남발한 게 아닌가, 살짝 염려되었다. 솔직히 말해서 나는 길눈이 어둡다. 막상 그녀가 춘천에 왔다고 연락이 오면 당황할 게 뻔한데 무슨 배짱으로 부탁하지도 않은 길 안내를 자청한 건지…. 그래도 이미 약속은 해놨으니 갑자기 춘천에 왔을 때 내가 안내해 줄 만한 춘천 문화유적지와 명소를 찾아보기로 했다.

한가한 평일 오전, 나들이도 할 겸 친구를 태우고 미리 그려 본 코스대로 출발해 보았다. 우선 우리 집과 가까운 남춘천역 부터 출발, 석사동 국립 춘천박물관으로 이동하였다. 박물관에 서 '창령사 터 오백나한'을 감상하고 소양강변으로 이동해 소 양강 처녀상을 만나 본 후, 소양강댐으로 달려갔다. 찰랑거리 는 소양호 바람에 사느라고 쌓인 시름들 훌훌 날려버리고 되돌 아오는 길, 매콤한 닭갈비로 중식을 해결하고, 곧 강원도립화 목원에 들러 꽃, 나무, 각종 식물 등 다양한 테마 별로 나누어져 있는 코스들을 둘러보았다. 푸른 식물들 속에서 자연의 기운을 한껏 받으니 몸이 건강해지는 느낌을 받을 수 있는 곳이다. 한 참을 화목원에 머무르며 소화가 다 되어갈 즈음, 이번에는 박사 집성촌인 서면 박사마을로 건너가 도서관에 진열된 사진 속 박 사들 얼굴과 이름을 살펴본 후, 근처 애니메이션 박물관에 들러 잠시 동심으로 돌아가 보는 시간을 가졌다. 그다음, 세월이 흘 러도 퇴색하지 않는 충절과 충의를 되새겨보는 의미에서 고려

개국공신 '장절공 신승겸' 묘소 참배도 코스에 넣었더니 어느덧 여름 해가 서산에 걸렸다.

숨 돌릴 틈 없이 빠듯한 일정을 호숫가 찻집에 앉아 커피 한 잔으로 마무리하며, 노을 지는 춘천 호수를 하염없이 바라보았다. 환상의 도로를 시원하게 달려 집으로 돌아오는 길, 담백한 감자 부침개와 구수한 막국수를 먹고 나니 온 시내가 불빛으로 반짝이고 있었다.

집에 돌아와 하루의 일정을 되짚어보는데, 아차! 글을 좋아하는 문우의 춘천 방문임에도 실레마을 문학촌 근처는 가보지도 못한 게 아닌가. 김유정 문학촌에서 문학을 토론하고, 강촌 구곡폭포와 등선폭포, 공지천과 삼천동 문인의 길을 산책하려면 도저히 당일치기로는 불가능할 것 같았다. 그래서 대전 문우에게 벼르고 별러오는 여행인데 글감도 한몫 챙겨 갈 겸 며칠 숙박을 각오하고 오라고 말했다. 남면 의암기념관, 사북 이상원 미술관도 좋고 오봉산 청평사를 다녀와서 어둠이 내린 구봉산 카페에서 춘천의 빼어난 야경까지 구경하려면 최소 이박삼일은 잡아야 가능할 것 같다고 너스레를 떨면서.

자청한 길 안내 덕분에 춘천 명소를 내 발로 직접 뛰어다녀 보니 인구 30만이 안 되는 작은 도시에 이렇게 볼거리와 먹거리가 널렸다는 사실을 다시금 알게 되어 뿌듯했다. 이렇듯 춘천 시민으로 자부심을 느끼며 자랑하는 나는 누가 뭐래도 행복한 춘천댁이 틀림이 없다. 대면 만남 대신 틈틈이 블로그와 카카오톡으로 문학에 관한 소식을 공유하는 대전 문우와는 이제 소소한 일상까지 주고받는 사이로 발전하여, 속히 그녀가 다녀갈 수 있기를 고대하고 있다. 문화의 도시 춘천과 대전광역시를 오가며 즐겁게 여행하는 그날을……

이런 게 호강이지

모처럼 두 아들이 가족여행 날짜를 잡고 삼척 쏠비치 리조트를 예약했단다.

차분하게 기다리던 중, 뜻밖에 큰 손녀에게 사정이 생겨서 큰아들 내외가 못 가겠다고 연락이 왔다. 엎치고 겹친 격으로 질척이는 장마에다 전국적으로 폭우주의보까지 내려서 어쩌나 망설였으나 취소 없이 작은 아들네 식구와 같이 가기로 했다.

새벽 6시, 마스크로 무장한 우리 부부는 흐린 하늘만큼이나 무거운 기분으로 애마를 몰고 집을 나섰다. 희뿌연 안개가 곳곳에 깔린 도로를 저속으로 달렸다. 예약된 리조트 로비에 도착하자 곧 입실 번호 8번을 뽑아 들고 실내를 둘러보았다. 코로나19 불안감에다 폭우까지 겹쳐 어쩌면 한가할 거란 기대가 여지없이 무너져 내린다. 경제가 어렵다 살기 힘들다는 볼멘소리가 여기선 먼 나라 얘기 같았다. 마스크로 입을 가리고 서성이는 어른과 아이들의 눈빛마다 기쁨과 설렘이 파도처럼 출렁거렸다. 저들도 우리 가족과 마찬가지로 망설이고 별러서 떠나온 여행일 텐데 말이다.

우산을 들고 리조트 옥상으로 올라갔다. 딱딱한 대리석과 새파란 인조 잔디가 조화를 이룬 드넓은 광장에서 빈둥거리던 조형물들이 반갑다고 인사를 건넨다. 그들과 눈맞춤하며 낯선 풍경들을 휴대폰 카메라에 담았다. 발아래 펼쳐진 물놀이 시설과 한적한 모래사장에 흰 파도까지 담고 로비로 내려왔다. 우산을 썼건만 거울에 비친 내 몰골이 후줄근하다. 그러나 '이런 게 다 호강이지, 뭐.'라고 중얼거리며 미소로 옷에 묻은 물기를 툭툭 털어내는 마음 가득 눅진한 행복함이 밀려들었다.

정각 12시, 입실 번호 8번을 뽑은 덕에 객실 B동 714호를 배정받았다. 엘리베이터 타고 지정받은 방에 들어가 거실 커튼을 열어젖히자 삼면에 쫙 펼쳐진 검푸른 바다와 안개 낀 잿빛 하늘이 와락 달려와 안기는 게 아닌가. 그토록 보고 싶어 안달했던 진풍경이었다. 맑은 날씨와는 또 다른 풍광에 내 안의 깔렸던 축축한 어둠이 싹 걷히고 마치 여왕이라도 된 듯 우쭐해진다. 비 오면 비 오니 좋고 눈 오면 눈 와서 좋고 바람 불어도 좋다는 말은 이럴 때 부르는 노래이리라. 폭우 쏟아지는 해변으로 군대처럼 밀려와 화려하게 부서지는 파도를 우아하게 거실 소파에 앉아서 감상할 수 있다니, '지금 내가 이런 호사를 누려도 되나.' 감사와 감탄 속에 잠시 넋이 빠졌었나 보다. 곧이어 아들 며느리와 귀염둥이 두 손녀가 들어오고야 현실을 인지했으니까.

이 방 저 방 돌아본 유치원생 손녀가 초등 3학년인 제 언니보고 "우리 숨바꼭질하자."라고 하더니 어느새 술래가 되어 벽에 얼굴을 묻고 하나둘 셋… 숫자를 세다 말고 "다 숨었니." 하며 두리번거린다. 샐샐 거리며 숨고 고양이 걸음으로 찾고 즐겁게 술래잡기하는 아이들을 부르며 외출 준비를 재촉했다.

처음 둘러본 관광지는 죽서루였다. 아들 둘이 유아기를 보낸 삼척에서의 기억을 더듬거리며 찾아간 죽서루는 누각만 그대로지 경내는 물론 주변이 몰라보게 바뀌었다. 오십천 건너마을도 신시가지가 되었고 옛 전경은 찾아볼 수 없었다. 특히 죽서루 하면 출렁다리 위에서 바라본 풍경이 추억 속에 또렷하게 살아있는 내겐 그림자도 없이 사라진 출렁다리에 대한 아쉬움이 무엇보다 크게 느껴졌다.

줄줄 쏟아지는 빗길에 죽서루를 내려오던 손녀가 신발이 다 젖었다며 울상이다.

"이제 나는 삼척은 다시 안 올 거야. 너무 재미없어서."

손녀의 울먹이는 목소리를 듣고야 '아차' 싶었다. 추억에만 골몰했지 아이들 입장을 전혀 헤아리지 못했다. 바위와 누각뿐인데 어린 눈에 무슨 볼거리가 있다고 삼대가 질퍽거리는 빗속을 뚫고 동행했을까. 세대가 다르니 눈높이는 물론이고 놀이와 입맛 또한 엄연히 다르거늘, 아이들과 같이 나온 게 더없이 미안하다. 나는 토라진 손녀들에게 맛있는 거 먹으러 가자고 구슬려서 곧바로 중앙시장으로 들어섰다.

강산이 네 번이나 변한 세월을 지나서 빗길에 찾아온 삼척은 변한 게 죽서루만이 아니다. 우리가 4년이 넘게 살았던 중앙시장 뒷골목 집터는 딴 세상이 되어 통 어디가 어딘지 어림짐작조차 할 수 없었다. 낯설기만 한 시장에서 닭강정, 식혜, 인절미 등 먹거리를 한 보따리 사 들고 기분전환이 된 아이들과 정라진으로 이동하였다.

아들 내외는 바닷가에 왔으니 생선회를 먹어야 한다며 펄펄 뛰는 자연산 회를 포장해서 숙소로 돌아왔다. 어두워진 후 아버지와 아들이, 시어머니와 며느리가 소주잔을 기울이며 거실

창으로 내려다본 비 오는 밤 바닷가는 또 다른 운치와 감동을 주었다. 시종일관 밀고 당기고 부서지고 삭이는 하얀 물거품처럼 기분 좋게 먹고 마신 후 파도와 빗소리를 자장가 삼아 편안히 잠자리에 들었다.

다음날 새벽, 눈뜨자마자 거실에 앉아 바라본 일출은 커다란 행운이었다. 동해안 폭우 예보로 인해 일찌감치 일출 보기를 포기했었다. 그런데 해님이 먹구름 사이를 뚫고 살짝 나타나 윙크하자 검은 수평선이 까무러친다. 구불구불 물 위로 감청색이 뭉클뭉클 퍼지는 찬연한 빛의 신비를 내 필력으로는 도저히 감당할 수 없어서 얼른 휴대폰을 찾아들었다. 비경을 놓칠세라 집중해서 폰 카메라에 찰칵찰칵 눌러 담기 바빴다. 그러나 글이나 사진이나 마찬가지다. 자연이 펼치는 장엄한 대공연을 고스란히 옮길 수는 없었다. 그저 내 눈으로 보고 가슴에 담아놓은 것으로 만족하는 수밖에….

아이들이 잠자거나 물놀이를 즐기는 시간에는 따로 남편과 함께 후진 해수욕장과 해가사의 터, 추암 촛대바위 등 근처 해안을 두루 산책하였다. 낮에는 아이들을 따라서 한국의 나폴리라 불리는 장호항 해상 케이블카를 타고, 빗방울 사이로 맛집을 찾아다니며 같이 먹고 놀고 웃다 보니 무겁게 출발한 2박 3일이 날개 달린 새처럼 후다닥 날아가 버렸다. 일일이 열거할 수 없는 가족여행의 추억을 한 아름 끌어안고 깃털을 단 기분으로 차를 몰고 집으로 돌아와 두 아들 며느리에게 고마운 마음을 전한다.

　"얘들아, 너희 덕분에 올여름 호강했구나. 고맙고 고맙다."
라고.

기적

춘천 상걸리에서 농사짓는 엘리사벳 자매가 들려준 이야기입니다.

산비탈 밭농사를 짓다 보면 멧돼지, 노루, 고라니 등 산짐승들이 예고 없이 출현해 애써 지은 작물을 쑥대밭으로 만들기 일쑤랍니다. 그래서 밭마다 짐승들이 넘나들지 못할 높이로 울타리를 쳐놓는데요. 자매네 밭도 그물로 울타리를 만들어 놓았건만 놈들이 귀신같이 뛰어넘어와 고구마, 콩, 옥수수 등 새순을 싹둑싹둑 잘라먹고 도망치는 바람에 속이 검댕이가 된답니다.

그날 아침도 평소와 같이 밭으로 갔대요. 버릇처럼 한 바퀴 돌며 사정을 살피는데 간밤에 울타리 그물망에 발목 잡힌 노루 한 마리가 오도 가도 못 하고 오도카니 앉아 있더래요. 발발 떠는 노루를 남편이 붙잡아 놓고 아내에게 묻더랍니다.

"이놈을 살려, 죽여, 어떻게 할까?"

그때 자매의 눈이 노루 눈과 딱 마주쳤는데 마치 살려 달라고 애원하는 듯 보이더래요. 농작물 망친 걸 생각하면 얄미워서 주리를 틀어놓고 싶었으나 그 눈을 보고 무조건 용서하기로 했다네요.

"놈도 먹고 살려고 그랬겠지요. 불쌍하니 그냥 보내줍시다."

마치 그 말을 기다린 듯 남편은 발목에 칭칭 감긴 그물망을 낫으로 툭툭 끊었는데요. 그물망이 마저 끊기자 벌떡 일어난 노루가 번개같이 도망치더래요.

숲속으로 사라진 노루 궁둥이를 보고 돌아선 부부는 곧 망가진 울타리를 서로 붙잡아 당기며 고치는데 6월 햇살이 뜨거워 남편에게 졸랐답니다.

"더워요. 울타리는 산그늘이 지면 고치고 우리 하우스 일 먼저 합시다."

아내의 말에 남편도 선뜻 동의하고 둘이 비닐하우스 쪽으로 걸어가는데 갑자기 등 뒤에서 우지끈 소리가 들리더래요. 깜짝 놀라서 돌아보니 산에서 큰 멧돼지만 한 돌덩이가 굴러와 방금 고치던 울타리를 부수고 밭 가운데 박혔더랍니다. 마른하늘에 날벼락처럼 날아든 그 돌이 글쎄요. 밭 위 산허리에서 지질검사 작업하던 인부들이 포클레인으로 파낸 돌을 운반하던 중 실수로 떨어뜨렸다지 뭐예요. 부부가 계속 울타리를 고치고 있었으면 굴러온 돌덩이에 맞아 죽거나 크게 다칠 뻔한 아찔한 사고였답니다.

그 자매는 돌이 떨어지기 직전 자리를 떠난 게 노루를 살려줘서 어여삐 여긴 하늘의 뜻이라는 사연과 함께 돌덩이가 담긴 사진을 카톡으로 보내왔더군요.

나폴레옹은 전쟁터에서 네잎클로버를 발견하고 고개 숙인 순간 총알이 머리 위로 지나가는 기적을 체험했다는데, 엘리사벳 부부는 말 못 하는 산짐승을 살려주고 행운을 경험했다면서 기뻐합니다.

별이 빛나는 밤에
춘천 공지천 mbc 동산에서

해 저문 호숫가로 어둠이 어슬어슬 내려옵니다. 호숫가로 살
랑거리는 물바람이 나뭇잎을 춤추게 하고 종일 나무에 매달려
잠자던 불빛들이 꽃으로 피어나 사랑을 그리네요. 별의 별로 수
놓은 나무, 사람, 하트, 별꽃들이 즐겁고 경쾌한 별나라입니다.

더운 몸을 식히려고 아빠 엄마 손 잡고 온 귀여운 꼬맹이들,
다정하게 커피잔을 들고 홀짝이는 연인들, 세월 무게에 눌려 종
종걸음으로 불면의 밤을 거니는 노부부들, 나직나직 재잘재잘
수다 꽃을 피우는 남녀노소가 모두 별이 빛나는 밤의 한 송이
꽃이고 주인공입니다. 끼리끼리 모여 만발한 웃음꽃밭에서 파
노라마처럼 펼쳐지는 시내 야경을 바라봅니다. 그들의 상기된
목소리가 까만 호수와 어우러져 별 밤을 더욱 돋보이게 꾸며주
더군요. 우리도 그들 틈에 끼어 가뭇없이 계단을 넘나들며 풋
풋함에 한몫 거들었지요.

소란스러운 장소를 살짝 벗어나 살랑살랑 물바람이 부채질하는 호반의 벤치에 앉았더니, 프랑스 작가 알퐁소 도데의 소설 「별」이 연상되고, 목동(주인공)의 스테파네트 아가씨를 향한 순진 무궁한 사랑이 그려집니다.

나 또한 동행한 벗과 어깨를 나란히 한 채, 여분의 시간을 즐기면서 밤하늘을 쳐다보았는데요. 알퐁소 도데의 소설 「별」속 하늘과, 산이 아닌 별이 내려앉은 호반의 도시 춘천은 또 다른 이야기가 숨어 있을 것 같습니다. 별을 품어 꽃 피운 의암호수가 그렇게 세월의 흐름도 잊은 채 잠잠하더군요. 까만 밤 별에 취한 우리 입에서 스을스을 별빛 찬가가 흘러나옵니다.

까만 하늘에 꽃이 핍니다
별별꽃입니다
저 꽃은 왕별
저 꽃은 국자별
저 꽃은 꼬마별
늑대별 여우별 좀생이별
별의 별꽃이 모여 사는 숲에
믿음 꽃이 핍니다

소망 꽃이 핍니다
사랑 꽃이 핍니다

목마른 너와 나를 위해
지친 나와 너를 위해
소박하고 정겨운 별꽃을 피웁니다
별별 숲에서
슬픔은 하얗게 까먹고
날마다 샛별로 살라 합니다

사진 한 장

1

음력설이 지나고 초이렛날이다. 해마다 대보름 전에 집안 어른을 찾아뵙는 전례대로 우리 부부가 사촌 형님댁으로 세배하러 갔다. 간단한 다과상을 중심으로 둘러앉아 덕담을 나누다가 형님께서 갑자기 기억난 듯 자리에서 일어나셨다.

거실 책장 서랍을 한참 뒤적뒤적하시더니 까만 교복을 입고 교모를 쓴 의젓한 남학생과 눈이 초롱초롱한 귀여운 사내아이가 어깨동무한 흑백 사진 한 장을 꺼내 오셨다. 그리고 형님은 사촌 동생인 남편 손에다 사진을 꼭 쥐어주며 덧붙이는 말씀이다. 요즘 정신이 하도 깜빡깜빡해 간직하고 있던 앨범의 사진을 모두 꺼내 주인에게 돌려주는 작업 중이라면서 이 사진은 동생 것이니 가져가라고 하셨다. 무심히 사진을 손에 받아 들던 남편의 눈이 동그래진다.

"아니, 누님이 이 사진을 어떻게 갖고 계세요. 우리 집에도 없는 사진을….'

"네가 나 시집올 때 주었잖아."

형님의 환한 미소 아래 남편 손에 들린 사진 속 형제의 얼굴이 낯익다. 남편이 한참 사진을 들고 떠올린 기억은 이러하다.

고등학교 일 학년 때 이모님 댁에서 사촌 형제들과 한방에서 뒹굴며 학교 다녔는데, 당시 아가씨였던 누님이 시집간다는 소식을 듣고 엄청 서운했단다. 그러나 산골에서 와 더부살이하는 학생이다 보니 누나에게 줄 게 아무것도 없었다. 그래서 궁리 끝에 축하의 쪽지 글과 함께 선물로 드렸다는 사진 한 장이었다. 오랜 세월을 누님의 앨범 속에 푹 파묻혔다가 제자리로 돌아온 누런 사진이 반갑고 소중하다. 형님이 안 돌려주셨다면 유품 정리할 때 불 속에 던져질 뻔했던 볼품없이 빛바랜 사진이었다.

집에 돌아와 사진을 자세히 들여다보았다. 지금은 할아버지가 된 남편과 시동생도 이렇게 귀여운 어린 시절이 있었다니 보면 볼수록 신기하다. 사진 속에는 내 아이들 얼굴이 들어 있었다. 아니다. 아이들뿐만 아니라 육 남매를 키울 적의 희로애락을 노래하시던 시어머니도 같이 계셨다.

2

가을 산자락이 온통 술에 취했다. 덩달아 낮술에 취한 여행객들의 사진 촬영도 한창이다. 카메라 앞에서 두 손으로 하트를 그리고 불끈 쥔 주먹으로 "위하여!"를 외친다. 그때 단체 대열에서 빠져나온 일행 한 명이 슬슬 게걸음 치는 걸 발견하고 줄 맞춰 섰던 이들이 다급히 손짓했다.

"아, 뭐해요. 얼른 오세요."

"빨리 와서 사진 찍으세요."

슬금슬금 게걸음 치던 이가 마지못해 합류하자,

"자, 이제 모두 어디를 봐야 하는지 말 안 해도 다 아시죠."

약간 상기된 목소리로 카메라 주인이 외치자 동시에 웃음꽃이 활짝 피었다. 그렇게 몇 번 더 웃음보를 터트리며 파이팅을 외치고야 단체 사진 촬영이 무사히 끝났다.

그 뒤로도 가을 향기에 취한 들꽃 앞에서, 빨갛고 노랗게 물든 단풍나무 옆에서, 삼삼오오 앉거나 혹은 서서 우정 어린 추억을 담기 위해 폼 잡는 모습을 재미있게 바라보았다. 그리고 총총 발길을 돌리는데 카메라 주인이 나를 보았나 보다. 등 뒤에서 차분하고 낮은 목소리로 불러 세웠다.

"잠깐, 거기 서 보세요."

"난 사진이 잘 안 나와서….".

정말이다. 불과 몇 해 전만 해도 사진 찍히는 게 즐겁고 행복했는데, 요즘엔 카메라 기피증이라고나 해야 할까. 남들의 시선 앞에서 사진 찍는 것도, 또 그렇게 찍힌 사진을 다시 보는 것도 영 어색하고 불편하다. 아마도 계속 늘어나는 주름진 내 얼굴을 아직 받아들이지 못하고 있어서인가 보다. 속마음이 그렇다 보니 조금 전 단체 사진 촬영 때 게걸음 치던 이의 심정도 어느 정도 이해할 수 있을 것 같았다.

"거기 서 보세요."

친절한 재촉에 주춤주춤 마음이 흔들린다. 자꾸 거부하면 상대방이 민망해할 것 같은 생각에 그럼 못 이기는 척하고 찍어 볼까, 주름은 안 보이게, 라고 입속으로 주문을 외며 카메라에서 멀찌감치 떨어져서 섰다.

"그래요. 거기 서 보세요."

"찰칵…"

그날 그렇게 반강제적으로 찍힌 사진 한 장이 모처럼 눈에 쏙 들었다. 사진관에서 인화까지 하여 냉장고 문에다 딱 붙여 놓았더니 주방이 환하다. 암만 고와도 단풍은 100m 미인이라면서 거기 서 보라던 카메라 주인과 밥 한번 먹고 싶은 날이다.

나는 가끔 실없는 말이 듣고 싶다

눈에 보이지 않고 손에 잡히지 않는 세월입니다. 누군가는 사는 게 뜬구름 같다고 합니다. 구름처럼 잡을 수 없이 허망해서 지어낸 말이겠지요. 아무튼, 허둥거리다 하루가 가고 어물어물하다 보면 일주일, 한 달이 훌쩍 지나가 버리니 말입니다.

거울 앞에 앉아 얼굴을 들여다보았습니다. 감출 수 없는 주름을 세며 우울해하다가 청바지 입고 립스틱 짙게 바르고 '인생의 가을을 잘 살아야지.'라고 마음을 다잡아보던 날이었지요.

서울 사는 남동생이 볼일 보러 왔다가 강원도 음식인 올챙이 국수, 메밀전병이 먹고 싶다며 우리 집에 잠깐 들렀습니다.

도시 살아도 어린 시절 먹었던 촌맛을 늘 잊지 못하는 동생입니다. 식성이며 말씨가 영락없는 강원도 촌뜨기거든요. 우리는 메밀 부침개 가게로 단걸음에 달려갔는데요. 아줌마가 호들갑스럽게 맞이하며 한마디 합니다.

"아유, 오늘은 아드님과 같이 나오셨네요."

전혀 예상치 못한 인사말을 듣는 순간, 하마터면 그냥 돌아서 나올 뻔했지 뭐예요. 글쎄, 내가 암만 겉늙어 보여도 그렇지, 지난해 사위 본 동생을 아들로 보다니 야속하다 못해 괘씸하기까지 합니다.

"그 아줌마 말솜씨 꽤나 없네. 쯧쯧"

이따금 부침개 사러 가면 슬며시 하나 더 챙겨주던 아줌마였기에 고마워하며 드나들었는데, 괜한 말 한마디로 인해 찬물 한 바가지 끼얹긴 듯 냉랭해졌습니다. 왜, 자세히 알지도 못하면서 친한 척하냐고 속으로 끌끌 혀를 찼으니까요.

설령 아들처럼 보이더라도 누구냐고 가만히 물어봐 줄 순 없었을까, 볼멘소리로 대거리하려다가 순간 멈칫해 입 다물고 말았네요. 아침에 전신 거울에 비친 내 외양이 퍼뜩 떠올라서였지요. 그러고 보니 아줌마 눈썰미가 완전히 잘못된 건 아니라는 판단이 들자 맥이 풀리며 더 초라해지더군요.

며칠 후, 내 푸념을 들은 옆집 아저씨가 웃으며 풀어놓은 경험담을 들어보니 늙었다는 말은 여자만 듣기 싫은 게 아니란 걸 알았습니다. 글쎄요, 그 아저씨도 친구들과 식당에 갔는데 젊은 아줌마가 대번에 할아버지라고 부르더래요. 어찌나 기분 나쁘던지 시치미 뚝 떼고 되치기로 갚아 주었다고 합니다.

"할머니, 여기 따뜻한 물 좀 갖다 주세요."

"할머니, 여기 술잔 하나 더 주세요."

깍듯한 존댓말로 계속해서 할머니라고 불러댔더니 당황한 듯 경직된 표정으로 아저씨를 빤히 쳐다보고는 얼른 물병과 술잔을 놓고 가더랍니다. 친구들과 만나면 여전히 이름 부르며 아직 청춘이라고 외치는데, 어린애도 아닌 아줌마가 감히 할아버지라고 부르다니 하면서 통쾌하게 웃어 젖혔답니다.

이렇듯 머리가 희끗희끗해도 항상 그대로라는 사탕발림의 말이 듣기 좋은 걸 보면, 여전히 정신 연령은 아이들 수준에 머물러 있는 게 틀림없습니다. 예쁘다거나 많이 컸다는 말에 어깨가 으쓱하던 어린 시절과 조금도 다를 바 없습니다. 젊어질 리가 없는데 젊어졌다는 하얀 빈말에 기분이 환해지고, 그대로가 아닌 줄 뻔히 알면서도 그대로라는 인사말을 들으면 정말 그런 줄로 착각하게 되니까요.

그런데도 나는 "그대로네요."라는 실없는 말은 가끔 듣고 싶습니다.

서로에게 물질적으로나 정신적으로 손해 끼치는 일이 아니라면 삶에 활력소가 되는 하얀 말을 수시로 주고받으며 기쁘고 즐겁게 살고 싶네요. 아부나 아첨이 아닌 상대방을 격려하고 존중하는 배려의 마음으로…,

말은 솔직해야 한다지만 부침개 가게 아줌마처럼 괜한 말로 친절을 베풀다간 오히려 손해 볼 수도 있겠구나라며 헛웃음을 지어봅니다.

나뭇잎

노 할머니 나무
아줌마 나무
어린 나무
이파리가 닮았다.

꺾이면 시들고
바람불면 흔들리니

똑같은 28이다.

우린 놀며 자랐어요

친정 할머니 생신은 음력 섣달 초아래였습니다. 해마다 그 날이면 마을잔치를 벌였지요. 작은 집인 우리는 온 식구가 덜 컹거리는 만원 버스를 타고 가서 내리고 또 십리 길을 걸어갔습니다. 칼바람이 떼로 불어도 큰댁으로 가는 날은 설렘으로 들 떴습니다. 그건 바로 사촌 형제들 때문이었지요. 할머니 생신 때 큰댁에만 가면 항상 사촌들과 진 외가댁 아재와 일가친척 아이들을 한꺼번에 만날 수 있었거든요.

시골에선 그래요. 사돈댁도 많고요. 형님, 아우, 조카 등 친척 아닌 집이 없답니다. 위아래 예닐곱 호 되는 마을의 어른인 할머니 생신날이면, 시내 사는 종친까지 모여와서 떡 빚고 부침개 굽고 집 안팎이 들썩들썩했지요. 어른보다 아이들이 훨씬 많았습니다.

아이들끼리 둑 밑에 모닥불 피워 놓고, 눈 쌓인 비탈밭에서 썰매를 탈 때면 코가 얼얼하고 손등이 툭툭 터져도 모르고 놀았습니다. 큰댁에 가면 사촌들과 방학 내내 놀았기에 요즘 손녀들이 학원만 맴도는 걸 보면 안타깝습니다. 측은한 맘으로 중얼거립니다. 지지고 볶았어도 옛날 아이들이 더 행복했다고요.

밤이면 또래들끼리 한 방에 모여 떠들고 뒹굴면서 피붙이의 정을 피부로 느끼면서요, 동기간의 우애를 다지고 웃어른에 대한 공경과 공동체 정신을 배웠습니다.

내가 초등학교 4학년 그해, 할머니 생신 전날이었어요. 눈밭에서 아재들이 피운 모닥불 쬐며 놀다가 집으로 돌아오기 위해 눈을 긁어 불을 끄다 보니 숯덩이가 아깝단 생각이 들더군요. 평소 어머니가 아궁이 앞에 불덩이를 모아놓고 물 뿌린 후, 숯덩이를 숯가마니에 담는 걸 보았거든요. 나는 동생들에게 불이 빨간 숯덩이를 눈 위에 데굴데굴 굴리게 했습니다. 겨우 겉불만 꺼진 숯을 그릇에 담아가지고 와서 어른들 허락도 없이 뒤란 숯가마니에 쏟아부었지요. 모처럼 착한 일 했다고 으쓱거리며 사랑방에서 놀고 있는데 뒷동산에서 땔감 나무 일하던 아저씨들이 "불이야! 불이야!"라고 다급하게 외치는 소리가 들려왔습니다. 놀라서 밖으로 뛰어나갔더니 어쩜, 좋아요. 큰댁 안채에 불이 났지 뭐예요. 화재 원인이 글쎄, 우리가 그릇으로 담아다 숯가마니에 담은 숯 때문이었다는군요. 다행히 잔치 준비로 모였던 어른들의 발 빠른 진화로 지붕만 태웠지만, 이튿날 할머니 생신 축하연은 지붕 수리하는 일꾼들로 대신할 수밖에 없었습니다.

그날의 화재 사건은 아직도 사촌 형제들과 만나면 곧잘 입에 올라 칭찬 아닌 칭찬을 듣는답니다. 내가 어려서부터 알뜰했다나 뭐라나….

예전에는 크고 작은 행사를 복작복작 집안에서 치렀는데 지금은 대부분 어른만 모여 식당에서 한 끼 식사로 해결하곤 합니다. 간단하긴 한데 무언가 허전합니다. 커가는 아이들이 얼굴도 모른다고 아쉬워합니다.

이웃에선 기막힌 사연도 있었다지요. 고향 가는 길에 교통 위반으로 서로 팔뚝질하며 혼꾸멍도 없이 꽉 막힌 놈, 주둥이만 있고 가슴은 없는 놈이라고 욕을 퍼붓고 집에 도착해 보니 조카와 삼촌 사이였다는 어처구니없는 얘기입니다. 그런가 하면 아들딸의 혼인을 앞두고 상견례 하러 갔다가 부모가 친동기간이라는 걸 알고 기겁했다는 안타까운 사연인데요. 아이들이 갓난아기 때 만나고 전혀 왕래가 없었다는군요. 사촌 간인 걸 몰랐답니다.

물오이 크듯 자라는 손주들을 보면 그런저런 소문들이 결코 강 건너 불구경하듯 웃어 넘길 일이 아니네요. 그래서 계모임이라도 만들어 아이들 데리고 만나라고 기회 있을 때마다 권해 보았으나 그게 쉽지 않습니다. 외려 젊은이들은 살기 팍팍하고 숨 돌릴 틈도 없는데, 어른들이 꼰대 같은 잔소리만 되풀이한다고 불만인 것 같아서 눈치만 살피는 중입니다. 우리 기성세대는 문중 어른들의 말씀 한마디면 무조건 "예!" 했는데요. 요즘 세대는 자신의 주장이 뚜렷해서 거꾸로 어른들이 눈치 보는 상황이 되었지 뭐예요.

할머니 생신이 돌아오면 마냥 좋아서 들뛰던 우리 형제들도 어느덧 앞뒤, 좌우로 재 봐도 꼼짝없이 어른 대열에 들어서 있네요. 명절에 모이면 그것도 단 하루, 어른 아이 할 것 없이 구석구석에 박혀 고개 푹 숙이고 휴대폰에 넋이 나가 있는 식구들을 보면 한숨이 나옵니다. 솔직히 말해 산다는 게 그래요. 부모

형제도 자주 만나 얼굴 보며 얘기하고 한솥밥을 먹어야 미운 정 고운 정이 들기 마련이거든요.

　세월은 소리 없이 흘러 내가 시어머니, 할머니가 되고 보니 어른 노릇하기가 수월치 않다는 걸 깨닫는 요즘입니다.

　음력 섣달 초아래, 매서운 추위에도 온 동네가 들썩이도록 잔치를 벌이던 친정 할머니 생신날, 화재까지 일으키며 놀았던 내 유년 시절의 추억이 솜사탕처럼 느껴집니다.

점이 문제야

웃음의 실마리는 점이었다.

귀한 분께 저녁 식사 초대를 받았다. 식당을 정하면서 무슨 음식 좋아하냐고 물으시기에 나는 "아무거나 잘 먹습니다."라고 짧게 대답했다. 그랬더니 곧 "직접 담근 복분자와 머루주 들고 갈 건데 생선회 어때요?"라는 문자를 받았다. 횟집 예약 시간은 오후 6시 반이라며, "겨울도 오는데 맛난 빙어회 먹어요." 하신다. 평소 뵐 때마다 예술적 감각이 뛰어난 작가님이시라 남다르다고 짐작은 했지만, 암만 그래도 그렇지 빙어회라니 전혀 예상 밖이었다. 빙어 튀김은 먹어봤어도 회로는 한 번도 안 먹어봤는데, 조금 전 음식을 가리지 않고 잘 먹는 잡식성이라고 대답한 걸 잠시 후회했다. 귀한 자리에 나가서 실수라도 하면 어떡하나 은근히 걱정되었다. 그래서 남편에게 빙어를 어떻게 먹냐고 슬쩍 물어보았다.

"빙어, 초고추장에 찍어 먹지 왜?"

"저녁에 빙어 먹는다는데 걱정되어서 그래요."

물대접 안에서 헤엄치는 빙어를 젓가락으로 집어 고추장에 머리를 쿡 찍어 먹는다고 했다. 살아있는 빙어를 그대로 먹는다는 말에 일그러진 내 얼굴을 본 남편은 남들이 먹는 걸 보면서 천천히 먹으란다. 상상만 해도 입안이 비릿하고 뜹드름했으나 이내 도리질을 했다. 까짓거 남들이 먹으면 나도 먹을 수 있겠지. 눈 딱 감고 상추나 깻잎에 폭 싸서 대충 꾹꾹 씹어 삼키리라. 그러다 정 아니다 싶으면 튀김 해달라고 해야지. 야무지고 감칠맛 나게 빙어 먹는 법을 궁리하며 약속 장소로 나갔다.

그런데, 그런데 말이다. 상 위에 차례대로 나온 건 물대접에서 헤엄치는 빙어가 아니고 먹음직스러운 대방어였다. 방어회가 차려진 만찬상을 보고야 못난 내 실눈이 '방'자에서 옆구리 붙은 점을 제 맘대로 빼버린 걸 알고 어이가 없어서 허허 웃고 말았다.

2

몇 년 전 강원문화재단 지원금 발표날이었다. 문우 전화를 받았더니 밝은 음성으로 건네온 말이 뜬금없이 축하한단다. 대체 무슨 축하냐고 되물었더니 문화재단지원금에 내가 선정되었다고 했다. 처음으로 지원신청서를 제출해 놓고 선정발표를 기다리던 참이라 "와, 그래요? 알려줘서 고마워요."라고 감사 인사를 건넸고, 한껏 들뜬 기분으로 문화재단 홈페이지에 들어가 확인한 결과, 선정이 아닌 낙방이었다. 순간 막 뜨던 비행기에서 갑자기 떨어진 기분이랄까, 그 이후론 허망함과 허탈감이 물밀듯 몰려들었다.

그제서야 나와 이름이 닮아도 너무 닮은 이병욱 소설가님이 같은 문학회원이라는 걸 알게 되었다. 그뿐만이 아니었다. 점 하나 잘못 본 전화는 이병욱 작가님이 춘천문학상 수상자로 발표되던 날도 대신 축하 인사를 받고 내가 아니라고 괜히 미안해야 했다.

그리고 또 며칠 후, 문학회 행사에 참석했더니 선배 문우님이 나를 보자마자 반갑게 다가오셔서 돌아가신 내 아버님을 잘 안다고 하셨다. 뜻밖의 얘기에 나는 어떻게 아시냐며 반가워했는데 몇 마디 나눠보니 역시나 이번에도 번짓수를 잘못 찾아온 것이다. 선배님은 지인의 자제인 이병욱 소설가님을 이병옥이라고 잘못 알고 하신 말씀이셨다.

올봄에는 천안에 사는 문우를 만났는데 대뜸 내 손을 덥석 잡더니 "요즘 손자 재롱에 푹 빠지셨던데요. 보기 좋아요."라며 환하게 웃는다. 그러나 그 인사는 세 손녀만 두어서 딸딸딸이 할머니인 나를 어리둥절하게 만들었다. 그래서 무슨 말이냐고 했더니 페이스북에서 봤다는 거다. 그 대답을 듣고 "아하! 그분은 소설가 이병욱 선생님이세요." 그랬더니 잘못 안 걸 알고 미안해하며 활짝 웃는다. 하기야 장본인인 우리도 가끔 헷갈리는데, 남들이야 말해 뭐하겠는가. 아직도 처음 만난 문학회 문우들이 "옥이에요? 욱이에요?"라며 재차 이름을 확인하는가 하면 이병옥을 이병욱으로, 이병욱을 이병옥으로 점을 바꿔 듣거나 뒤집어 읽는 실수는 여전히 진행 중이다. 번번이 점 하나로 실없이 웃다가 말고 중얼거린다.

점이 문제야.

아니, 눈이 문제야.

보약 같은 하루

며칠 전 병원에서 퇴원한 남편을 차에 태우고 집을 나섰다. 더위를 피해 모처럼 떠나는 피안의 길, 일부러 고속도로가 아닌 구 길로 들어섰다. 원창고개와 모래재 고개, 홍천 북방면 잣 고개를 넘고 화양강 다리 건너 달려간 그곳, 홍천 수타사 산소길이었다.

평일 오전이라 한가한 주차장에 차를 세우고 잰걸음으로 수타사 경내로 들어섰다. 혹여 우리 입놀림과 걸음걸이가 묵언참선 중인 스님들께 방해될까 봐 살포시 절 앞으로 다가가 부처님께 허리 숙여 예 올리고 서둘러 생태공원을 향해 뒤돌아섰다. 햇빛을 가리기 위해 모자를 푹 눌러쓰고 마스크로 입단속하고, 두 팔은 자외선 차단 토시로 무장했더니 냉동실에서 꺼낸 물병처럼 이마빡으로 땀방울이 송송 맺힌다.

공원 길에는 풀꽃들이 방글거리고, 연못에는 동글동글 연잎 사이로 쏙쏙 고개 내민 연꽃들이 발목을 잡는다. 그 연들을 휴대폰 카메라에 담느라고 허리를 구부렸다 폈다 요리조리 각을 잡다 보니 맺혀있던 땀방울이 비 오듯 흘러내리기 시작했다.

"아! 더운데 뭐 해, 빨리 오지 않고…."

저만치 앞서 간 남편의 쩽한 목소리에 경중경중 뒤따라가며 툴툴거린다.

"아유, 이렇게 예쁜 연들이 봐 달라고 아우성인데 어떻게 그냥 가요."

연실 '멋이 없네, 멋도 모르네.'라며 투덜거리다 말고 입을 다물었다. 남편이 아프고 알았다. 아프니까 나까지 덩달아 손발이 묶인다는 걸…. 그깟 잔소리쯤이야 노래로 들어 줄 테니 제발 아프지만 말라고 중얼거리면서 쫓아가니 숨이 턱에 닿는다. 나는 숲으로 들어서자마자 답답한 마스크를 벗어 배낭 옆구리에 집어넣고 들숨과 날숨을 반복하는 남편과 보폭을 맞추었다.

해묵은 낙엽이 뭇발길에 부서져 폭신폭신한 숲길이다. 흙냄새가 맑은 공기만큼이나 상큼하다. 조붓한 길목에서 어쩌다 마주치는 낯선 얼굴들과 나누는 건성 인사도 반갑다. 숲에선 매미와 산새들이 찌르르 쓰륵쓰륵 쎄쎄 찌르르 끼르륵 쎄쎄쎼르르 마치 합창경연이라도 벌이듯 자지러진다. 파란 하늘 아래 산등성이로 둥실둥실 떠가는 흰 구름 따라 내 발걸음도 둥둥 구름 위를 걷는다. 맑은 물과 청정공기는 신이 내린 선물이라고 했던가. 키 큰 나무 잎사귀 사이사이로 쏟아지는 연둣빛을 나는 천사의 빛이라고 말했는데 그 싱그러운 빛을 몸으로 느끼고 싶어 모자와 양팔의 토시마저 벗어던졌다.

오솔길 옆 빈 원두막에 걸터앉아 남편의 배낭에서 먹거리들을 주섬주섬 꺼내 놓았다. 먼저 이슬이 맺힌 캔 맥주를 집어 들고 살살 흔들어 보았다. 녹지 않은 얼음덩이가 달그락거린다. 뚜껑 딴 맥주 캔 하나를 남편에게 건네고 나도 컵에 따라 마시니 목울대가 찌릿찌릿하다. 천사의 빛에 시원한 술맛, 안주로 씹히는 짤짤 파삭한 새우깡, 귀를 간지럽히는 미물들 합창에다 끈적한 땀을 닦아주는 산바람까지, 오감을 자극하는 여기가 바로 낙원이지 싶었다.

"신선이 따로 있나. 이런 게 신선이지."

"행복이 뭐 별건가! 바로 이런 복이 행복이지."

방금 빨리 안 따라온다고 쨍강 소리로 재촉하던 남편이 아니었던가. 그런 남편을 헐떡헐떡 따라오면서 멋도 맛도 모른다고 툴툴거린 내 입에서 샘물처럼 감탄사가 터진 건 시원하게 마신 맥주 탓만은 아니었다.

남편이 토사로 집 근처 병원에 입원하고 췌장에 용종 같은 게 보인다고 해서 서울 세브란스 병원으로 옮겨 검진 결과가 나오기까지 가슴에 커다란 맷돌을 매단 기분이었다. 정밀 검사를 모니터로 판독하며 갸웃거리던 의사가 "용종이 아닙니다!"라는 한마디 말을 하는 순간, 짓누르던 맷돌이 새 날개로 변해 하늘을 훨훨 날아갈 것 같았다. 약 처방전과 동시에 한 달 후에 다시 와서 검사하라는 예약일시 잡아놓고 병원 문을 나설 때는 아침에 들어갈 때와 완전히 딴 세상이었다. 눈앞에 보이는 풍경마다 천국이었으니까.

병원 출입한 며칠이 몇 년 전 일처럼 아득하게 느껴졌고, 불과 서너 시간 전만 해도 입맛이 소태 같아서 죽조차 모래알 씹는 것 같다더니, 병원 앞 식당에서 국밥 한 그릇을 뚝딱 비운 남편은 더는 환자가 아니었다. 우리 부부가 그렇게 두 의사의 상반된 말 한마디로 지옥과 천국을 맛보았으니 하루하루가 덤 같이 고맙고 매사가 새롭게 보이고 감사할 수밖에.

수타사 숲길에서 신선놀음을 마치고 돌아오는 길, 차를 다시 구부러진 구 길로 몰았다. 고개 이름도 정겨운 가락재, 느랏

제2부 지금이 좋다

재를 넘고 넘어 도착한 우리 집이다. 현관으로 들어서니 종일 달궈진 집안 열기가 후끈 덮친다. 수타사로 출발하기 전 꼭꼭 닫았던 창문을 다시 활짝 열었다. 그리고 뭐니 뭐니 해도 건강이 우선이고, 미우니 고우니 해도 내 식구가 제일이고, 덥니 추우니 해도 역시 내 집이 최고라면서 두 다리 쭉 뻗고 거실 맨바닥에 벌렁 드러누웠다.

"신선이 따로 있나. 이런 게 신선이지."

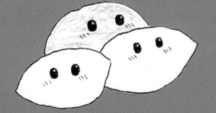

시처럼

얘기처럼

나이가 들어가면서도 여전히 마음 한 구석에서는 누군가의 말 한 마디에
기대어 작은 웃음을 지을 때가 있지요. 보이는 것 너머를 바라보며, 마음과
마음이 서로에게 다가가는 따뜻한 말들을...

메콩강에서 부른 노래

비행기를 타고 창밖을 내려다보면 산 사이로 구불구불 뱀 같은 길이 보인다. 그런데 알고 보니 그게 길이 아니라 황토색의 메콩강이란다.

나는 어려서부터 물속이 훤히 보이는 맑은 물만 보고 자랐다. 장마 기간 외에는 언제나 물은 맑고 투명한 줄만 알고 살았다. 그래서일까 중국, 태국, 필리핀 여행 때도 황토색 강물을 더러 보긴 했지만 장마로 흙탕물이 섞였거나, 또는 잠시 오염됐겠지 하며 대수롭지 않게 생각했었다.

이번에는 호찌민에 뿌리내린 여동생과 메콩강을 여행하게 되었는데, 강폭이 춘천 의암호만큼이나 넓고 기다란 강물은 온통 황토색으로 뒤덮여 있었다. 울창한 열대 숲으로 들어가도 누렁물이고 바나나, 코코넛 농장의 고인 웅덩이나 야자수 아래

봇도랑까지 온통 누렁물뿐이다. 내 손에 들려있는 물병만 빼고 눈에 보이는 물이란 물은 모조리 황토색이다 보니 푹푹 찌는 더위가 주변의 모든 물을 삶아 버린 듯했다. 처음 메콩강에 도착해서 나무 허리가 물에 잠긴 풍경을 보았을 때는 우리나라 국지성 폭우 때 세상을 삼킬 듯이 흐르던 성난 홍수가 떠올라 살짝 긴장되었다. 그러나 한참을 지켜본 메콩강은 출렁임 없이 너무도 고요했다. 강물인데도 불구하고 호수처럼 잔잔했다.

배 타고 온 일행과 합류한 우리는 현지 인솔자가 정해준 순서대로 두 명씩 쪽배에 나눠 탔다. 동생과 내가 탄 쪽배는 보통체구의 중년 여인이 노를 젓는다. 물길 양옆으로 이불만큼 큰 나뭇잎이 늘어서서 우리를 환영해주었다. 낮은 뱃머리에다 폭이 좁고 보이지 않는 물속이라 악어나 물뱀이 불쑥 튀어 오르면 어쩌나 불안한데, 뚝배기 같은 얼굴의 여인은 노만 저을 뿐 말이 없다. 우리나라 민요 뱃노래가 연상되어서일까, 갑자기 베트남 전통샀갓을 폭 눌러쓰고 노 젓는 여인의 일상사가 궁금해졌다. 무슨 사연이 있기에 남자들도 녹록지 않아 보이는 뱃사공이 되었을까 남편은 있을까 아이들은 몇 명일까, 궁금증이 고개를 들었다.

언어가 통하지 않지만, 맨살이 익을 것 같은 더위에 맨발로 노 젓는 모습이 안쓰러워 눈길이 마주칠 때마다 고마움의 표시로 가볍게 고개를 숙였다. 사공에 대한 궁금증을 접치다 보니 오래전 가수 이미자가 부른 '춘천댁 사공'이라는 노래가 가물가물 떠올랐다.

(1절)
실안개 소리없이 풀리는 소양강에
조각배 띄워놓고 미련을 싣고
춘천댁 사공이 꽃각시 사공이
한사코 오마던 그 님을 기다리네
떠나간 님을 사랑합니다 사랑합니다
춘천댁 사공

(2절)
흰구름 정처없이 떠도는 호수위에
꽃잎을 뿌려놓고 사연을 싣고
춘천댁 사공이 꽃각시 사공이
사십리 물길에 추억을 새겨보네
떠나간 님을 사랑합니다 사랑합니다
춘천댁 사공

황토물을 유심히 바라보았다. 각자 주어진 환경에 따라 정도의 차이는 있겠지만 삶의 수단은 지구촌 어디를 가나 비슷한 것 같다. 누렇고 탁한 물인데도 강물을 수로로 끌어들여 농사 짓고, 야자와 바나나 등 갖가지 과일나무 재배를 한다고 하니, 물은 동서고금을 막론하고 삶의 기본수단이자 수많은 생명을 먹여 살리는 소중한 젖줄이 틀림없었다. 농사뿐만 아니라 황토 물에서 낚시하고 수영하는 주민들도 간간이 눈에 띄었다.

끈적끈적한 땀에 흠뻑 젖도록 일행을 뒤따라가던 동생이 타국에서 살아보니까 우리 춘천의 물이 최고더라면서 깨끗하고 맑은 물을 가지고 있다는 사실에 항상 감사하며 살라고 한다. 듣고 보니 수돗물 받아 밥 짓고 국 끓여도 별 탈 없는 물을 지금 껏 당연시 여겼는데, 메콩강 여행으로 물의 소중함과 중요성을 다시 한번 깨닫게 되었다.

거기에 더해 갖가지 상상이 꼬리를 물고 머릿속을 스쳐 지나간다. 황토색 강물로도 관광상품을 만들어 여행객을 끌어모을 수 있는데, 여기 일행들이 내 고장 천혜의 자연환경과 투명한 강물을 직접 와 본다면 어떤 기분을 느낄까? 우리 춘천은 국내에서도 가장 맑은 물을 가지고 있는 도시라고 자부할 수 있는데 춘천댁 사공이 소양강의 아름다움까지 노래해 준다면….

생수도 지역명이 붙어서 더 유명한 ○○삼다수처럼, 춘천의 강물도 1급수라는 인식을 심어줄 수 있지 않을까? 그렇게 하면 깨끗한 물의 도시 춘천을 연상시키는 수식어, 우리 지역을 대표하는 또 하나의 타이틀로 자리매김할 수 있지 않을까?

메콩강에서의 새로운 경험과 자극으로 다양한 꿈의 나래를 펼치다 보니, 후덥지근한 더위에도 석양에 물든 소양강 바람이 시원하게 불어오는 듯해 상쾌해진다. 다시 또 가물가물 떠오르는 노래 '춘천댁 사공'을 나직이 불러본다.

풀지 못한 오해

언제 어디서나 오해라는 말은 반갑지 않다. 어떤 일을 사실과 다르게 해석하거나 잘못 이해한다는 단어인데 어찌 좋아하겠는가. 하지만 살다 보면 뜻하지 않게 오해하고 오해받는 일이 생긴다. 내가 시집온 후로 친자매처럼 지내던 큰 형님이 요양원에 입원한 후 금쪽같던 자식들에게 버림받았다는 오해의 벽이 생긴 것이다. 그것도 형님의 죽음을 목전에 두고서 쌓인 그 벽은 무엇보다 코로나19 탓이 컸다. 기세가 꺾인 듯 주춤하다가도 다시 기저 질환자가 모인 요양원에서 대형 감염이 발생하면서 병문안이 제한돼 찾아뵐 방도가 없었다.

초기엔 코로나 감염자 수가 증가한다고 매스컴에서 시끄럽게 떠들어도 솔직히 피부에 와 닿지 않았다. 마스크 대란이 일어나고 답답한 칩거에도 그러려니 했으니까. 이 국난도 옛 얘기하며 추억하는 날이 오겠지. 그냥 서너 달 무사히 지나면, 계절이 바뀌면, 바이러스는 소멸될 거라며 가볍게 여겼었다. 그랬던 코로나가 거듭 해를 넘기도록 여전히 인간과 힘겨루기 중이다. 긴장과 초조감에 심신이 지쳐가고 있을 즈음, 나 역시 보건소에서 온 문자를 받고 기겁했다. 코로나 확진자와 동선이 같으니 검사받으라는 통보를 받고, 음성이라서 놀란 가슴 쓸어내리며 부모 자식 간의 만남조차 조심스러워했다.

그런 와중에 경기도 가평군 적목리에서 홀로 텃밭 가꾸며 고향을 지켜온 형님이 넘어져서 팔에 깁스하고 병원에 입원하게 되었다. 연세가 팔십 대 후반인 데다 허리 협착증으로 두 번이나 대수술을 받았던 터라 예년과 달리 회복이 느렸다. 장기간 입원이 안 되어 퇴원하던 날, 맞벌이 부부인 조카들이 요양원으로 모신 것이다. 기력을 되찾을 수 있을 때까지만 계시라고 애원하면서…….

그러나 울타리 없는 시골집에서 혼자 살던 형님은 공동생활에 적응하지 못하고 집으로 가겠다고 우기셨다. 늙으면 어린애가 된다더니 맞는 말이다. 아니, 참을성 없는 어린아이처럼 보챈다는 표현이 더 옳았다. 형님의 하소연을 들어보면 육체적으로도 불편하지만, 그보다 근력이 쇠한 낯선 이방인들과의 동거가 더 서럽고 두려워서 제정신으로 견디기 힘들다고 했다.

흔히 말하기를 병중에 가장 고약한 병이 치매라지만, 치매는 가족이 힘들고 환자 본인은 오히려 편하다고 한다. 벽에 똥칠해도 제정신이 아니니까. 반대로 정신이 말짱함에도 언어장애와 신체마비로 꼼짝달싹 못 하는 환자의 고통은 생지옥이라고 한다. 죽고 싶어도 죽을 수 없고 대소변 뒤처리를 남의 손에 맡겨야 하니 그 수치심이며 참담함이 오죽하겠는가. 종일 그런 환자들을 곁에서 봐야하는 게 고역이라고 했다. 듣고 보니 신경이 예민한 형님의 심정을 어느 정도 이해할 수 있을 것 같았다.

죽어도 시골집으로 가겠다고 외고집을 부리시니 어쩌겠나. 원래는 깁스 풀고 난 후가 더 힘든 법인데, 결국 형님 성화에 못 견디고 소원을 풀어드린다는 심정으로 다시 시골집으로 모셨다. 비틀거리는 모친의 걸음걸이가 불안한 조카들은, 지팡이 안 짚고도 걸을 수 있게 주방과 화장실 변기 안전대를 비롯해 침대 모서리와 온 집안 벽면을 빙 돌아가면서 손잡이를 달아놓았다.

그렇게 안팎으로 신경을 썼건만 불안해하던 끔찍한 사고가 불과 일주일 만에 발생하고 말았다. 새벽 두 시에 일어난 형님이 혼자 화장실 가다가 주저앉았고, 충격으로 고관절이 무참히 깨져버린 것이다. 비명에 놀란 이웃의 신고로 119에 실려 중환자실로 입원하고 곧 대수술을 받았으나, 하체 마비로 침대에 누워 지내는 중환자 신세가 되어 버렸다. 게다가 병원에서 퇴원수속을 밟게 되자 곤란한 상황이 벌어졌다. 긴 병에 효자 없다더니, 자식이 여럿이라도 갈 곳이 마땅치 않았다. 왜 옛말에도 있지 않던가. '한 부모가 열 자식 뒷바라지는 해도 열 자식이 한 부모 모시지 못한다고….'

가족회의 끝에 형님을 또다시 요양원으로 모시게 되었다. 그런데 코로나19 집단 감염자가 지속적으로 발생하면서 정부의 강화된 방역지침에 의해 간병인 외에는 요양원 출입이 일체 통제되었다. 애초부터 요양원을 거부해온 형님은 자식들이 전화만 하고 얼씬도 하지 않자 그리움은 배신감으로, 외로움은 노여움으로 뒤바뀌었다.

전화할 때마다 뵙고 싶어도 면회 불가라고 바깥 사정을 누누이 전하건만 우울증에 치매기가 겹친 형님에겐 쇠귀에 경 읽기였다. 잠깐 통화할 때 뿐, 곧 까맣게 잊어버리고 거동 못 하는 당신이 쓸모없고 귀찮아서 자식들이 내버렸다고 떠듬거리며 울먹이셨다.

보고 싶어도 오지 않는 자식들에 대한 서운함 때문이리라. 우리 집 근처 춘천병원으로 오고 싶다는 목멘 애원을 들었지만, 여기도 마찬가지라며 먼저 전화를 끊고 말았다. 그렇게 저승 문턱에서 지푸라기를 잡는 심정으로 내민 형님의 손을 매정하게 뿌리치고 난 후 가슴에 돌덩이가 얹힌 것처럼 무거웠다. 저절로 한숨이 새어 나오는 건 형님의 고통 속에서 곧 해질 녘의 내 긴 그림자가 어른거리는 것 같아서였다.

식탁에 놓아둔 휴대폰에서 신호음이 울리고 장조카 이름이 뜨자 가슴이 쿵 내려앉는다. 오전에 중환자실로 들어간 형님이 위독하다는 연락을 받았던 터라 침 한번 꼴깍 삼키고 휴대폰을 집어 들었다. 아니나 다를까.

"작은 어머니, 어머니가 돌아가셨어요."

조카의 침통한 음성을 통해 운명하셨다는 통보를 받자 마치 막혔던 하수구에서 물 내려가는 소리가 들리는 것 같았다. 어차피 누구나 가야 하는 그 길, 치유가 불가능하다면 아픔이 없는 하늘나라에서 아주버님 만나 더는 외롭지 않길 바라는 마음에서였다. 차분한 음성으로 입을 열었다.

"그랬구나. 장례식장이 정해지는 대로 알려다오. 우리가 친척들에게 부고를 알려줄 테니."

　며칠 전부터 이승과 저승을 들락날락하셨으니 장례 치를 각오는 했다지만, 그래도 막상 큰일 당하면 우왕좌왕하게 되는 걸 경험했기에 슬픔에 잠긴 조카들을 돕는 심정으로 몇 마디 더 건네고 휴대폰을 내려놓았다. 먼 길 떠나는 형님 영전에 눈물의 잔을 올리며…….

오해

그날, 돌돌 말린 혀로 띄엄띄엄
동세… 글쎄…
우리 애 들 이… 나 한 테 이럴 줄 몰 랐 네
코로나19가 요양원 문 잠근 걸 모르고
그리움 + 서운함이 목젖까지 찼다
다… 소용… 없네. 새끼들… 다 소용… 없어
말끝 붙잡고 코로나 시국 탓이라고
말하고 말해도 녹음기다
듣고 듣다가 그래도 식사 잘하고 계세요
나도 형님 닮아서 힘없는 줄 알면서 힘내시라고
한말 또 하고 한말 또 하다하다

내가 먼저 말 끊은 그날이
마지막일 줄이야
신종코로나 난리에 날아온 형님 부고
오해 못 풀고 떠나신 길
이제나 풀릴까
하늘에서 뿌연 안개비가 내린다.

제3부 시처럼 얘기처럼

되로 주고 말로 받았네

전업주부인 나는 허물이 참 많다. 겉으로 보기엔 살림을 꽤 잘하는 것처럼 보이나 내막을 들여다보면 대강만 세어도 허점이 열 손가락으로도 모자랄 정도다. 그 집 주부가 살림을 잘하는지 못하는지는 냉장고 문만 열어보면 단번에 알 수 있다는데, 우리 집 냉장고는 어수선하고 빈틈이 없다. 대부분 나중에 먹으려고 넣어 둔 먹거리들이다. 그러다 잊어버리면 미처 먹지 못한 채 유통기한이 지나서 결국 버리게 되고, 그럴 때마다 혼자 자책하게 된다.

무더운 여름날, 텃밭에서 수확한 채소를 냉장고 아래 칸에 넣다가 공간이 부족해 구부리고 앉아 뒤적여보았다. 빈자리를 만들어 억지로 꾸겨 넣다가 맨 밑에 까만 비닐로 싼 무엇이 손끝에 잡혔다. '이건 뭐지?'라고 중얼거리며 봉지를 벗겨보니 커다란 배 하나가 황금 배를 내놓고 검붉은 눈물을 뚝뚝 흘리는 게 아닌가. 고기나 생선을 잴 때 쓰려고 아껴 두었던 묵은 배였다. 그 상한 배를 본 순간, 잠자던 추억들이 일어나며 마음속에 잔잔한 파장을 불러일으켰다.

아들을 군대 보낸 엄마들은 무사히 제대하는 날까지 오매불망 노심초사다. 큰아들이 춘천 102 보충대로 입대하여 경기도 화성에서 전투경찰로 복무 중에도 그랬고, 작은아들이 포항 해병대 훈련소로 입대하여 백령도에서 군 복무할 때도 그랬다. 당시는 맛난 요리를 먹다가도 혹은 누런 배나 빨간 사과를 깎다가도 수시로 목이 메었다. 텔레비전에서 국군장병들의 훈련 모습이 나오거나, 길을 가다가 군복 입은 젊은이만 눈에 뜨여도 눈물이 핑 돌았다.

육군 훈련소로 입대한 큰아들이 전경으로 차출되어 화성 모부대로 자대 배치된 후엔 서울이나 경기도에서 데모가 났다 하면 좌불안석이었다. 그 무렵에는 벽돌과 화염병이 날아다니고 최루탄 연기가 자욱한 거리에서 양측 부상자가 속출할 정도로 학생들의 데모가 격렬했기 때문이다. 그때 내가 할 수 있는 건 기도뿐이었다. 모든 갈등이 평화로이 해결되어 전투경찰도 시

위대도 다치는 일 없도록 도와달라고 하느님께 매달릴 수밖에 없었다.

그날은 몹시 추웠다. 새벽 미사 가느라고 어두침침한 길을 걸어서 법원 앞을 지나는데 총 들고 무장한 전경 두 명이 보초를 서고 있었다. 긴장한 그들 옆을 지나는 순간 울컥하며 더운 눈물이 쏟아졌다. 얼른 눈물을 훔치고 나서 주머니에 손을 넣으니 만 원짜리가 딱 한 장뿐, 부끄럽지만 전해주고 싶었다. 한 명 앞으로 바짝 다가가 머뭇머뭇 입을 열었다.

"이거 작지만 둘이 따끈한 차나 한 잔 마셔요."

그 무렵 찻집에서 커피 한 잔 값이 이삼천 원 정도 했던 거 같다. 그랬더니 불에 닿은 듯 기겁하며 손사래를 친다.

"아닙니다. 괜찮습니다. 아닙니다."

"우리 아들도 전경이에요. 그래서 주는 거니까. 작지만 어서 받아요. 성당에 기도하러 가는 길인데 돈이 이것 뿐이라서 그래요. 친구 엄마가 주는 거니까 어서 받아요."

목이 멘 목소리로 재촉하며 간신히 군복 주머니에 쑤셔 넣었다. 그제야 머쓱해서 어정쩡한 인사를 한다.

"감사~합니다."

나는 눈물이 흘러서 더 이상 말을 잇지 못한 채 성당을 향해 빠르게 걸음을 옮겼다. 얼마 후 아들이 첫 휴가 나와서 하는 말이다.

"엄마, 선임들이 만화책 빌려오라고 해서 책방에 갔더니 가게 주인이 싫다고 해도 막무가내로 만원을 주머니에 넣어주더라고요."

"새벽녘에 선임이랑 보초 서는데 승용차를 타고 가던 아저씨가 차를 세우고 와서 강제로 삼만 원이나 주고 가잖아요. 그래서 나중에 선임하고 통닭 사 먹었어요."

아들의 말을 들으며 나는 '어쩜, 되로 주고 말로 받았네.'라고 중얼거렸다.

옛날 어머니들이 집 나간 자식들을 위해 밥주발을 부뚜막이나 이불속에 파묻어 두고 기도했다는 그 간절함을 아들 둘을 군대 보내고 나서 절절히 실감할 수 있었다.

한가위 명절 앞두고 탐스러운 배 한 상자가 선물로 들어왔다. 뚜껑을 열자마자 백령도에 있는 작은 아들이 걸려서 말없이 제일 큰 배를 상자에서 꺼내 아랫방 자취생에게 나누어 주었다. 그 덕분일까, 뒤에 휴가 나온 아들이 하얗게 깎아놓은 배를 보면서 하는 말을 듣고는 귀를 의심했다.

"엄마 이 배 한개 값이 얼마예요?"

"값은 왜?"

"지난 추석에 군인 성당에 갔더니 미사가 끝난 후 군종신부님이 커다란 배를 통 채로 나눠주서서 엄청 맛있게 먹었거든요. 너무 맛있었는데 운 좋게 하나 더 받을 수 있어서 동기하고 나눠 먹었어요."

크기가 딱 이 배만 했다면서 식탁 위에 놓인 배를 손으로 쳐들고 환하게 웃는다. 그밖에 부대에서 힘들고 감사했던 순간들을 자랑삼아 늘어놓는 걸 귀담아들으며 이번에도 '되로 주고 말로 받았구나.'라고 중얼거렸다.

나눔이라는 게 그렇다. 되로 주고 말로 받는 장사라는 걸 알면서도 제대로 실천하지 못하며 살게 된다. 먹거리도 두 개가 있으면 이웃과 하나씩 나눠 먹으면 좋으련만 먹고 남은 한 개를 다음에 먹으려고 냉장고 틈에다 쑤셔 넣곤 한다. 그랬다가 상한 배처럼 내버리면서 후회하게 되지만 또 금세 잊어버리고 같은 행동을 반복하게 되니 이 노릇을 어찌할 거나.

복 받기 위해서라도 비우고 나누면서 헐렁하게 살고 싶은데 늘 마음뿐이다. 여전히 비우는 일보다 채우는 일에 급급해 냉장고와 싱크대는 물론이고 옷장과 책장, 심지어 손에 쥔 휴대폰까지 저장공간 부족이란다. 비움과 나눔의 용기가 필요한 때인 것 같다.

오세요 닭갈비 잡수러

지역마다 나라마다 고장을 대표하는 음식이 하나 둘은 꼭 있습니다. 그래서 일부러 음식 여행을 떠나는 식도락가들도 있는데요. 저 역시 여행 중에는 되도록 그 나라, 그 지방의 유명한 음식을 먹어보려고 노력합니다. 간혹 '이름난 잔치 먹어볼 것 없다.'라는 옛말처럼 내 입맛에 안 맞고 실망하더라도, 방문 지역의 대표 음식을 맛보며 문화를 경험하고 견문을 넓히는 기회로 삼기 위함이지요.

우리 고장에도 춘천 하면 가장 먼저 떠올릴 수 있는 음식이 있는데 바로 닭갈비랍니다. 닭갈비 식당은 전국 어디서나 쉽게 볼 수 있지만 서울 닭갈비, 부산 닭갈비라는 명칭을 쓰지는 않죠. 그래서 춘천 닭갈비라고 쓴 간판을 보면 반갑고 흐뭇합니다. 덩달아 저도 외지인을 만나거나 전화할 때면 말끝에 꼭 한 마디 덧붙인답니다.

"원조 닭갈비 잡수러, 춘천으로 오세요."

먹는 이야긴 언제 들어도 즐거운 법, 입에 붙은 그 말이 떨어지기 바쁘게 따라오는 대답은 남녀노소를 막론하고 밝고 명랑합니다.

"그래요. 춘천 닭갈비 먹으러 갈게요."

그날도 닭갈비 인사로 통화를 끝내고 휴대폰을 내 가방에 집어넣자, 옆자리 앉았던 문우가 자신의 새댁 시절 이야기를 풀어놓네요. 경상도 상주에서 처음 신혼집에 다니러 오신 시부모님께 닭갈비를 대접하겠다고 했더니 밥상 차리기 귀찮아 그런 줄로 아셨는지 시어머니가 못마땅한 어투로 딱 자르시더래요.

"닭에 갈비가 뭐 있다고 닭갈비냐."

그때 시아버지가 일어나시며,

"여보, 그러지 말고 그 닭갈비 맛이나 보러 가 봅시다."

어쨌든 썩 내키지 않는 기분으로 닭갈비를 시식하게 된 시어머니는 닭의 갈비가 아닌 살코기로 요리한 음식이란 걸 아신 후, 춘천 닭갈비 맛에 폭 빠지셨답니다. 그 뒤로는 춘천에 오시면 가장 먼저 닭갈비를 찾는 애호가가 되셨다며 깔깔거리더군요.

그렇게 알려지지 않았던 닭갈비가 이제는 춘천 시민뿐 아니라 누구나 즐겨 먹는 춘천의 대표 음식이 되었습니다. 특히 철판 닭갈비에는 넉넉한 양의 야채가 들어가는데요. 야채 싫어하는 어린아이들도 닭갈비와 함께 볶은 양배추와 깻잎은 투정 없이 잘 먹는답니다. 뜨겁게 달궈진 무쇠 철판 위에서 국물이 생기지 않게 바싹 볶아진 닭갈비는 매콤하고 간간해서, 상추쌈을 싸거나 시원한 동치미 국물과 곁들이면 더욱 맛있게 먹을 수 있는데요. 그 다음 사리(국수)와 밥을 섞어 놀놀하게 볶아놓고 서로 숟가락 젓가락 부딪치며 박박 긁어 나눠 먹을 때 바로 닭갈비의 참맛을 느낄 수 있습니다.

원래 소문난 음식에는 어느 나라 어느 지역을 막론하고 유래가 있기 마련이지요. 춘천 닭갈비도 예외가 아닙니다. 6.25 직후 배고프던 시절 서민들이 술안주로 값이 싼 닭의 갈빗살을 숯불에 구워 먹었다고 합니다. 별로 먹어볼 게 없던 닭갈비 구이가 차츰 인기를 끌며 닭고기 구이로 발전하고 나아가 닭고기 야채볶음으로 발전했다는군요. 그 후 '닭갈비'라는 명칭이 붙은 건 가난한 젊은이들의 허세가 담겼답니다. 소갈비, 돼지갈비를 쉽게 먹을 수 없었던 그들이 닭고기 야채 볶음을 먹고, 나도 갈비 먹었다고 위안하기 위해서였다고 하네요. 닭볶음에다 갈비자를 덧붙인 게 닭갈비가 되었다는 배곯던 시절의 구전 같은 이야기가 다른 어떤 음식의 유래보다 더 진솔하게 느껴집니다.

　아무튼 내 고장 춘천에도 대표 음식이 있다는 게 자랑스럽습니다. 우리 가족이 모이면 자주 찾는 음식이지만 돌아서기 바쁘게 또 먹고 싶어지는 닭갈비, 칼칼하고 쌈박한 맛 '춘천 닭갈비'는 생각만 해도 입안 가득 군침이 돕니다.

　야채로 궁합 맞춘
　닭살 돋는 청춘
　불판에서
　달달 지지고 볶아낸
　그 맛보면 알지요
　뜨거워야 살맛이란 걸

옹벽과 담쟁이

우리 동네 석사천 산책로에는 높은 옹벽들이 늘어서 있다.

여름이면 그 물기 없는 옹벽을 타고 자라는 담쟁이넝쿨이 상큼함을 안겨주는가 하면, 때로는 가파른 벽을 기어오르는 어린 이파리가 애처롭게 보이기도 한다. 따지고 보면 옹벽과 담쟁이는 그대로인데 변덕스러운 내 기분 따라 상쾌하고 혹은 힘겹게 느껴지는 것이리라.

선거철이다. 5년 만에 대선을 치르고 곧 이어진 지방선거의 열기가 뜨겁다 못해 데일 지경이다. 지구본을 놓고 보면 손톱만도 못한 대한민국의 땅덩어리가 잠시도 조용한 날이 없다. 하나뿐인 자리를 놓고 출마한 후보의 응원부대가 길거리에서, 시장통에서 온종일 손가락을 펴들고 춤추고 있다. 선거기간만큼 남녀노소 빈부귀천 가리지 않고 대우받을 때가 또 있을까. TV에서만 보던 귀한 분들이 만날 때마다 굽실거리며 인사하고 친한 척 하니 은근히 우쭐해질 수밖에…. 그뿐만 아니라 어느게 진짜고 가짜인지 확인할 수 없는 풍설들은 날개를 달고 덩달아 춤을 춘다. 오다가다 서너 명만 모이면 출마자들이 가십거리다. 재미 삼아 입길에 오르내리는 풍문을 듣다 보면 저절로 눈살이 찌푸려질 때가 더 많다.

선거에 출마한 후보들도 마찬가지다. 우리 속담에 '안방에 가서 들으면 시어머니 말이 옳고 부엌에 가서 들으면 며느리 말이 옳다.'라고 하듯 귀 기울여보면 도긴개긴인데도 서로 자신만이 도탄에 빠진 나라와 지역을 구할 머슴이라고 열변을 토하니 누구를 찍어야 할지 더욱 혼란스러워진다.

내가 가입된 인터넷 카페와 단체 톡에는 3가지 불문율이 있다. 그건 정치, 종교, 자식에 관한 이야기이다. 어쩌다 열성 회원들이 불문율의 글을 올리면 옳거니 그르거니 말싸움 끝에 상처받기가 십중팔구다. 그런저런 갈등을 직접 경험한 터라 보고도 안 본 척 눈감아 버리거나 읽고도 안 읽은 척 얼른 되돌아 나오지만, 앞뒤 꽉 막힌 벽 사이에 낀 것처럼 먹먹함을 지울 수가 없다. 남과 북이 쪼개진 것도 원통한데, 특히 선거철만 되면 다

정했던 이웃 친척 간에, 가정에선 부부 자식 간에 동, 서, 좌, 우로 파가 갈라져 으르렁거리다 얼굴 붉히는 일이 시도 때도 없이 벌어지니 말이다. 각자 지지하는 후보의 빤히 드러난 흉허물을 감싸다가 입씨름한 날이면 절친 사이에도 쉽게 넘을 수 없는 옹벽이 가로막고 있다는 걸 느끼게 된다.

사실 갈등의 벽은 이미 사방팔방에 널려 있다. 진보, 보수라고 지칭하는 당파의 벽, 인류를 구원의 길로 인도한다는 종교의 벽, 상하 빈부 계층의 벽, 출신 지역과 학벌의 벽, 남녀 간의 이성의 벽, 노소간의 세대의 벽 등 우리는 보이지 않는 벽에 끊임없이 부딪치며 살아가고 있다. 덕과 지혜가 출중해 세계인들이 스승으로 받드는 성인들은 하나같이 '자비와 사랑'을 가르치건만, 왜 너나없이 그것들을 실천하지 못하고 늘 제자리를 맴도는 걸까. 일상에서 파도처럼 일렁이는 번뇌와 갈등은 순전히 탐욕에서 비롯된 줄 알면서도 말이다.

그래도 누군가는 거침없이 말한다. 여하간 우리나라는 발전할 거라고. 국민들의 애국심이 이처럼 뜨거운 나라가 어디 있겠냐면서. 문제는 후보들의 과장된 감언이설에 속지 않도록 늘 의식이 깨어있어야 한다. 무엇보다 내가 알고 있는 정보가 전부인양 목소리 톤을 높이고 내편이 무조건 옳다고 고집부리는 옹벽에 갇히지 말아야 하겠다. 열린 마음으로 시대의 징표를 올바로 볼 수 있는 눈이 한층 더 필요하리라. 마을 게시판에 붙은 선거 벽보를 찬찬히 훑어보던 아낙네들이 주고받는다.

"이 사람은 도대체 왜 나온 거야. 쯧쯧"

"얼굴 알리려고 나왔겠지 뭐. 호호"

그녀들 입질에 오른 후보들은 여론조사 지지율이 바닥이었다. 늘 하위권에 머물러 있는 후보들을 보고 한심해하면서도 애써 너와 내가 다를 뿐이지, 틀린 게 아니라는 말로 웃음기를 거둔다. 물감에는 선명한 삼원색이 중심이지만, 어두운 색도 중요하지 않던가. 각양각색의 색깔들이 적당히 섞이어 조화를 이룰 때 멋진 그림이 완성되듯이 각자가 지닌 지혜와 지식이 모이고 어울려 밝은 세상을 이루는 것이리라. 상황에 따라선 그림을 그릴 때 삼원색보다 무채색이 더 많이 쓰이는 것처럼.

선거를 그림과 연관 지어보며 깨닫는다. 강하지 않은 옅은 색의 역할을…. 그리고 옹벽을 쉬지 않고 기어오르는 작은 담쟁이넝쿨을 보면서 또 배운다. 바닥을 기는 하찮은 이파리도 모이고 모이면 거대한 시멘트 옹벽을 파랗게 뒤덮을 수 있다는 사실을.

지지하는 후보가 다른 우리 부부는 깊은 잠을 이루지 못하고 밤새 엎치락뒤치락하는 개표방송을 지켜보았다. 바작바작 애태우다 손뼉 치고, 환호하다 한숨 쉬며 극과 극을 달렸다. 어차피 자리는 하나라는 걸 알면서 열심히 응원하고, 소중한 한 표를 행사한 후보들이었다. 내편이 이겼다고 기뻐하고, 졌다고 소침하기보다 축배를 든 후보를 축하해주고, 최선을 다했으나 고배를 마신 후보들에겐 위로를 보내는 게 성숙한 시민의 자세일 것이다. 이제 선거라는 화려한 잔치가 막을 내렸다. 큰 행사를 치르는 동안 상대방을 알게 모르게 헤집어 낸 허물과 상처들 감싸 안고, 발전을 위한 공약은 임기 내 차질 없이 이행하길 기대할 뿐이다.

　　아침 햇살이 퍼지는 석사천 길에 싱그러운 담쟁이넝쿨로 뒤덮인 푸른 옹벽을 바라보면서, 더 나은 내일을 기원하며 힘찬 발걸음을 내디딘다.

동박꽃과 세발 자전거

　장마 구름이 걷힌 하늘에서 연일 쏟아붓는 열기가 숯가마찜 질방을 연상케 하는 삼복더위다. 여름에는 땀나야 제멋이라지만 이선 더워도 너무 덥다. 에어컨 리모컨을 손에 들었다가 내려놓고 대신 자동차 키를 들고 대문을 나섰다. 약국에서 기력을 회복할 비타민 한 통 구매하러 나선 김에 실레마을 김유정 문학촌도 한 바퀴 둘러볼 참이었다.

　불볕더위건만 문학촌 앞에는 춘천 시티투어 한 대가 관람 중인 승객들을 기다리고 서 있다. 이 무더위에 나 말고 다른 관람객들이 있다는 사실이 은근히 반가웠다. 길에서 빤히 보이는 자리에 땡볕을 받아 번뜩이는 솥을 보고 나이든 아저씨가 일행을 향해 한마디 던진다.

"저 솥은 뭐야? 감자 옥수수 삶아 먹으라는 솥인가!"

"글쎄, 뭔 뜻이 있겠지!"

뒤따라가던 나는 그 대형 솥은 김유정 소설 '솥'의 조형물이라고 아는 척 좀 하고 싶었으나, 한시라도 빨리 푹푹 찌는 더위를 피하고 싶어 아무 말 없이 실내로 발걸음을 재촉했다.

김유정 문학촌은 벌써 수차례 방문했음에도 올 때마다 새롭다. 달이 가고 해가 져도 늙지 않는 봄·봄 작가 파란 그이…, 진열된 작품 목록을 둘러보다 보면 짧은 생을 살다 간 가난한 그가 여전히 우리 곁에서 살아 숨 쉬고 있음을 느낀다. 술술 읽히는 글과 영상으로 살갑게 만나고 나올 즈음, 등허리로 흐르던 땀은 쏙 들어가고 심신이 맑고 개운해졌다.

이어서, 낭만누리동 기획전시실에 들어섰는데, 월별, 분기별로 전시물이 바뀌는 기획전시실은 현재 김유정 소설 발표 지면에 실렸던 삽화가 전시 중이었다. 지난해 방문했을 때는 거장들의 친필 원고와 편지글 등 희귀 자료 특별전이 열렸었고, 재작년에는 '김유정과 아리랑전'이 열렸었다. 올 6월부터 전시 중인 소설 삽화를 느긋하게 감상하던 나는 '노란 동백꽃은 빨간 동백꽃이 아니다.' 라고 쓴 글귀 앞에 멈추어 섰다.

그러니까 그게 언제였더라, 따뜻한 봄날 김유정 문학촌에서 찍은 풍경 사진을 블로그에 올리면서 '노란 동백꽃이 담 밖 세상을 기웃거리더라'고 썼다. 그러자 마치 기다린 듯 금방 댓글이 달렸다. 동백꽃은 빨간색인데 노란 동백꽃이라니 실수 아니냐는 지적이었다.

나는 곧 "춘천 작가 김유정 소설에 등장하는 노란 동백꽃은 이른 봄 얼음이 채 녹기 전, 잎보다 먼저 피는 자잘한 꽃이다, 노란색 꽃 모양이 얼핏 보면 산수유와 비슷하나 나무가 다르다, 산수유는 나무 표면이 티죽티죽하고 동백나무는 맨들맨들하다, 노란 동백은 상처를 내면 생강 냄새가 나서 생강나무 혹은 동박 나무라고도 불린다." 라고 김유정의 동백꽃은 빨간 동백꽃이 아니고 노란 동백꽃이라고 자세히 설명해주었다.

그날 나열했던 노란 동백꽃 나무 기억을 더듬던 나는 문득, 올봄 정선 아우라지에서 본 동박나무, 즉 생강나무가 떠올랐다. 정선군 군목이 생강나무이고, 생강나무가 동박나무니까, 정선아리랑 가사에 등장하는 노란 동박꽃이 김유정 소설의 노란 동백꽃과 동일한 꽃이란 것도 사실은 그때 확실히 알았다.

잠시 이런저런 생각에 잠겼던 나는 다시 흑백 삽화 옆에 붙은 큰 글씨를 추려 읽어 내려갔다. 그러다가 '세발자전거'라는 제목과 함께 어린이와 자전거가 그려진 삽화 앞에 눈길이 멈췄다. 김유정 작품은 빠짐없이 다 읽었다고 말해왔는데, 내가 미처 못 읽고 넘겼나 싶어 전시관으로 되돌아가 목록을 훑어보았으나 눈 씻고 뒤져봐도 '세발자전거'라는 작품은 찾을 수 없었다. 망설임 끝에 이순원 촌장님께 문의를 드렸더니, 해당 작품은 근래 발견되었다고 하시면서, 책에 실린 글을 사진으로 보내주셨다. 돋보기 대고 읽어보니 아주 짤막한 동화였다. 지금까지 꼭꼭 숨었다가 마치 나 요기 있지 하고 얼굴 내민 거 같은 '세발자전거'. 당시 세발자전거 탄 어린아이가 등장하는 내용은 지금까지 보아온 작품과는 분위기가 사뭇 달랐다. 천진난만한 아이들의 심성을 그린 동화까지 다양한 작품세계를 표현해낸 그의 스물아홉 나이가 참 대견하게 느껴졌다.

펄펄 끓는 아스팔트 도로를 달려온 나는 집안으로 들어서자마자 리모컨을 찾아들고 에어컨 전원을 꾹꾹 눌렀다. 비타민 한 알에 찬물 한 컵 마시고 '세발자전거'를 비롯해 김유정 단편집을 한 번 더 천천히 읽어 내려갔다.

지금이야 스물아홉이면 꽃띠 총각으로 대우받겠지만 당시 김유정은 총각 중에도 병약한 노총각이었다. 그런데도 땟국이 줄줄 흐르는 촌락의 살림살이와 산천 풍경을 어쩜, 이토록 생동감 있게 묘사해놓았을까. 만약, 그 시대 김유정이 실연과 가난으로 괴로움을 겪지 않았었다면, 그토록 매혹적인 풍자와 역설적인 통찰을 갖춘 글을 쓸 수 있었을까.

어쩌면 만성 폐결핵과 질병으로 점점 쇠약해져 가는 몸 상태로는 집필에 몰두하는 것만이, 그만의 시선으로 세상을 표현하고 어필할 수 있는 유일한 해방구가 아니었을까 하는 생각에 안타까운 마음이 든다.

오감을 자극하는 그의 문학적 재능과 열정을 기리며, 김유정의 슬픈 날들이 누리는 영생에 감히 '파란 봄인 당신*'이라고 이 뜨거운 여름에도, 봄 봄을 노래해본다.

누구에나 공평한 건 단 하나
세월이라지만
한 백 년 고개 넘고도
파란 봄인 당신
금병산 동백은 노릇노릇
오물오물 고물고물
마른 가지마다

봄 봄은 활짝 피는데

봉필 영감이 데릴사위 부리고

점순이 키 재기 시키는 짓궂은 당신

노란 꽃향기 알싸한 봄날

봄내 골, 실레마을서

날마다 봄봄인

새파란 당신을 그려봅니다

김유정 추모제에 봉헌한 글

나무아멘따불

검은 구름 탓일까. 기분이 착 가라앉은 날이었다. 문학회 단 톡방에 1박 2일 백담사 템플스테이 안내문이 떴다. 가톨릭 신자인 나는 무심히 넘겼다가 P 수필가님이 같이 참여해 보면 좋겠다는 권유에 솔깃해졌다. 실은 반복되는 일상에서 탈출하고 싶다는 마음이 더 강했던 것 같다. 일백 개 웅덩이에서 유래되었다는 설악산 백담사! 형형색색의 가을 산이 손짓하는 것 같아서 각설하고 P 선생님을 따라나섰다.

새 인연을 찾아가는 설렘이랄까. 탑승객들이 줄줄이 서서 기다리는 버스를 타고 백담사에 도착한 첫날, 주변을 돌아보면서 '오길 참 잘했구나!'라는 생각이 들었다. 발길 눈길 닿는 곳곳마다 오색 단풍으로 물든 화려하고 웅장한 산과 산, 골짜기 바위와 바위틈새로 재잘거리며 흐르는 물소리, 산마루에 걸린 양떼

구름이 내려와 놀다가는 거울 같은 물웅덩이, 마셔도 자꾸 마시고 싶은 상큼한 공기, 수줍게 미소짓는 풀꽃 향기, 아무리 험준한 산세라도 막힘없이 넘나드는 자유로운 바람 속에서 창조주의 현존을 느낄 수 있었다. 설악산 자락에 폭 안긴 고즈넉한 백담사의 예스러움이 풍기는 전경만으로도 숙연해지며, 무겁던 기분이 가벼워지는 건 자연의 싱그러움이 주는 평온이리라.

나는 법당 앞으로 다가가서 불상을 향해 묵례를 올린 후 경내를 걸었다. 절 벽면을 채운 탱화(불교 신앙의 대상이나 내용을 그린 그림) 앞에서 걸음을 멈추고 고개를 갸웃거리기도 했다. 잠시 후, 지도자 스님으로부터 방금 본 탱화를 비롯해 백담사 뜰에 자리한 법고와 목어, 범종에 대한 설명을 듣다 보니 가톨릭과 닮은 점들을 발견할 수 있었다. 법고를 칠 때는 마음 심(心)자로 친다고 한다. 목어는 밤낮 눈 뜨고 사는 물고기처럼 깨어 살라는 뜻이 담겼다고 한다. 범종은 인간들에게 선(善)한 영향력을 끼치기 위함이라고 하니, 성당의 예수님상과 기독교의 상징인 물고기(익투스)와 높은 종각이 동시에 떠올랐다. 아는 만큼 보인다고 했던가. 눈에 보이는 형상이나 기도 방법 등 성당과는 사뭇 분위기가 다르건만, 스님의 설법이 겉돌지 않고 귀에 쏙쏙 들어와 박혔다. 천국과 극락, 부활과 윤회설 등 교리로 인한 서로 간의 다름일 뿐, 근본 바탕은 자비와 사랑이라는 점에서 공감대를 이루기에 충분했다.

하루 일정을 마치면서 이튿날의 과제가 내려졌다. 내게 주어진 숙제는 '나를 위한 칭찬 100개 쓰기'였다. 처음에는 칭찬할 게 하나도 없어서 나눠준 백지를 손에 들고 앉아 "뭘 써야 하나. 어떻게 쓰지."라는 말만 되풀이했다. 더구나 내가 나를 칭찬한다는 게 쑥스러워 쉽게 펜을 들 수가 없었다. 밤새 뜬 눈으로 고민하다 마지못해 축축한 수건을 비틀어 짜듯 짜낸 칭찬들, 난생처음 내가 나를 칭찬하기 위해 펜을 굴리기 시작했다. 그랬더니 창밖이 훤해질 무렵에는 갈증이 해결되었다고 여길 정도의 칭찬들을 긁어모을 수 있었다.

첫 번째로, 백담사 와서 나를 찾고 이웃을 알고 종교는 하나라는 걸 다시금 깨닫게 된 나를 칭찬했다. 그다음 잔주름투성이지만 웃을 줄 아는 얼굴과 세탁하고 음식 만들 수 있는 큰 손을 칭찬하고, 사랑받고 사랑할 수 있는 가슴을 칭찬했다.

종교계의 성직자, 수도자들을 존경하는 마음을 칭찬하고, 좋은 글을 읽을 수 있는 두 눈을 칭찬했다. 삶을 노을처럼 곱게 마무리한 후, 눈 내리는 밤에 고요히 잠들고 싶은 소박한 소망을 칭찬하고, 새소리, 물소리, 산, 나무, 바람, 구름, 달과 별을 좋아하는 감성을 칭찬했다. 예배당도 좋고 사찰도 좋지만, 우리 성당도 참 좋다고 소개하며 내 종교가 소중한 만큼 남의 종교도 존중하는 나를 칭찬했다.

백담사 식당에 차려진 정갈한 손맛(음식 만든 분들)에 감사하고, 옷깃을 여미고 만해 기념관에 걸린 한용운 선사님의 행적을 읽고 감동하는 나를 칭찬했다.

그렇게 스님이 내주신 과제, 나를 위한 칭찬 1번부터 100번까지 과대 포장하여 나열해 놓고 보니 이게 칭찬인지 자랑인지 낙서인지 헷갈렸다. 양심상 찔리는 부분도 여럿이라서 자라목이 되기도 했지만, 삶에는 빛과 어둠이 공존하기 마련이다. 이번에는 스님 권고대로 확대경 대고 내 밝은 면만 들여다보기로 했다. 쥐어짜듯 찾아낸 칭찬들이 백담사 앞 개울에 쌓인 돌탑처럼 종이 위에 빼곡한 걸 보니 한편으론 대견스럽다. 참가자들 앞에서 내 칭찬을 발표할 때는 '그래도 잘 살아왔구나. 앞으로 더 잘 살아야지!'라고 다짐하면서 가라앉는 심연을 바로 세울 수 있었고, 백담사 템플스테이 행사에 참석할 수 있는 만남 역시 선택이란 대목에서는 나도 모르게 눈시울이 붉어지기도 하였다.

분명한 것은 '숲 명상'과 '나를 칭찬하기' 프로그램이 무기력해진 내 일상에 새 에너지를 충전하는 계기가 되었다는 점이다. 각기 다른 빛깔의 단풍이 어우러져 장관을 이루는 설악산처럼, 비록 가는 길은 달라도 진정 종교의 뿌리는 하나라는 걸 깨우쳐준 백담사 템플스테이, 참된 복은 감사하는 마음에 달렸다고 하니 하늘에 감사, 땅에 감사, 감사의 절을 올린다.

이렇듯 나는 가톨릭 신자임에도 불구하고 불교 신자인 P 선생님을 좋아하며, 예배당 신자 친구들과도 잘 어울려 지내고 있다. 또 성경만큼 천수경 등 불교 서적도 즐겨 읽고, 신부님 강론, 목사님 설교, 스님의 설법이 담긴 유튜브 역시 귀담아듣는다. 그러니 암만해도 천주님과 하나님과 부처님 사이로 복 받기 위해 지조 없이 오락가락하는 신앙인을 빗댄 '나무아멘따불 신자'가 맞는 말 같아서 멈칫해졌다.

하지만, 달리 보면 하느님의 말씀과 부처님의 가르침을 곱절(따블)로 듣고 받아들일 수 있으니, 오히려 '이쪽저쪽 종교를 두루 섭렵한 신앙인으로서 더 참되고 포용력을 가진 삶을 살아갈 수 있지 않을까' 라는 생각도 들었다. 어찌 되었거나 무작정 떠난 체험 여행에서 또 다른 나를 찾고 나오는 길, 뒤돌아서서 백담사를 바라보았다. 그리고 두 손을 합장한 채 크게 허리를 숙였다.

'새로운 깨우침을 주셔서 감사합니다. 나무아멘따불.'

말과 말

1

성당에서 교리를 배울 때였습니다. 거짓말은 하얀 거짓말도 해서는 안 된다고 수녀님은 말씀하셨지요. 하지만 그게 맘대로 안 되더군요. 저 역시 알게 모르게 거짓말을 많이 해왔습니다. 그중 잊히지 않는 거짓말은 성당 봉사할 때였습니다. 시어머니를 모시고 살 때였는데요. 성물방 봉사를 하겠다고 자원했는데, 가톨릭 성물만이 아니라 서적 판매도 함께 하는 서원이었습니다.

봉사하게 된 첫째 이유는 순전히 시어머니와 마주 보는 일상에서 탈출하기 위함이었어요. 둘째는 책을 좋아하다 보니 서원에서 봉사하면 책을 원 없이 읽을 것 같은 독서에 대한 갈증에서였습니다. 그래서 봉사자를 구할 때 앞뒤 재볼 새 없이 얼른 "예" 하고 나섰지요.

실제는 무료 봉사인데 시어머니께는 약간의 월급을 받는다고 거짓말을 했습니다. 왜냐면 미사 전, 후로 집을 나서야 하는데 무보수라고 말씀드리면 "너도 참 할 일도 없다."라며 못마땅해 하실 게 뻔했거든요. 상황이 그렇다 보니 나도 모르게 거짓말이 불쑥 튀어나오고 말았네요. 며느리도 경제활동을 시작한다는 거짓말에 감쪽같이 속아 넘어간 어머니는 설거지가 미처 끝나기도 전에 "그냥 놔두고 어서 성물방 가봐라." 하시며 봉사를 마치던 날까지 집안 청소며 설거지며 음으로 양으로 기쁘게 도와주셨지요.

그 덕분에 나는 성물방에서 읽고 싶은 신간 서적 골라다 열심히 읽고 교우들에게 소개하고 판매하면서 1년 동안 즐겁게 봉사할 수 있었습니다. 집중한 독서 덕분에 글쓰기를 시작하게 되었다고 해도 헛말이 아닙니다. 그 이듬해 월간 문학세계를 통해 수필가로 등단하게 되었으니까요. 확실히 서원 성물방 봉사한 덕이라고 믿습니다.

그러나 지난날을 되돌아보니 어머니께 죄송한 마음 금할 길이 없네요. 당시는 성당 봉사하기 위한 하얀 말이라고 당당하게 여겼거든요. 그런데 지금은 가끔 어머니 돌아가시기 전에 솔직히 말씀드리지 못한 게 걸립니다. 늦었지만 이제라도 뉘우

치고 당신을 그리워하는 며느리를 하늘에서 보고 계시다면, 그래도 쉬이 용서해 주시지 않을까 위안 삼아봅니다.

2

그날은 마음이 바빴습니다. 모 행사에 참석하기 위해 친구 네 명이 자동차를 타고 행사장으로 달려가는 중이었는데요. 도착해야 할 시간을 계산해 보니 지각이네요. 한 친구의 꿈지럭거림으로 늦게 출발한 게 원인입니다. 조급함과 달리 웬 신호등은 그렇게나 많은지 자동차가 멈춰 설 때마다 갑갑증이 밀려옵니다.

성질 급한 친구가 긴장된 분위기를 깨고 입을 엽니다.

"차가 밀려서 늦었다고 그러지 뭐."

핸들 잡은 친구가 대꾸합니다.

"왜 괜한 말을 해. 그냥 늦어서 죄송합니다 하면 될 걸…"

"……"

그날 친구들과 나눈 짧은 대화 한 마디가 내 머릿속에 꽂혔나 봅니다. 간혹 영양가 없는 전화를 받을 때면 컴퓨터 앞에 앉아서 "운전 중입니다." 라거나, 내키지 않는 자리 초대에는 눈 하나 깜빡 않고 "선약이 있어요."라고 짧게 대답하고 엄청 바쁜 척 전화기를 얼른 놓아버립니다. 그런데 어느 순간부터 거짓말로 둘러댄 날이면 "왜 괜한 말을 해. 그냥 죄송합니다 하면 될 걸."이라고 나무라던 친구의 그 말이 계속 귓가에 맴돌기 시작합니다.

3

성당에서 성경 백 주간 중 말씀 나눔 시간이었어요. 한 자매님이 '돌직구'라는 제목을 들고 왔습니다.

귀에 익은 친숙한 단어라서 귀가 솔깃해지더군요. 대체로 말 없는 사람이 편하긴 하나, 이래도 저래도 좋다 보니 지조가 없어 보일 수 있고요. 돌직구를 날리는 사람은 자칫하면 상대에게 치유할 수 없는 상처를 남길 수 있으니 항상 조심해야 한다는 말에는 이견이 없었습니다. 어울리지 않는 옷이나 매무새 보고 어울리지 않는다고 말해주는 건 솔직하긴 하나, 지적당한 측에서 보면 기분이 상할 수밖에 없는데요. 기분과 때에 따라서는 무례하게 들릴 수도 있으니 꼭 조심해야 합니다. 진실을 받아들이기 전에 아예 마음 빗장을 꼭꼭 잠그는 상황이 발생할 수도 있거든요.

그래서 상대에게 상처 주지 않고 말을 조리 있게 잘하는 말솜씨도 배워야 한다는 의견에 모두 동의하면서 한목소리로 결론을 내렸는데요. 타고난 말재간이 없다면 정성을 다해서라도 애써보자고요. 우선 내가 듣고 싶은 말을 생각해 보자고 했습니다. 그랬더니 바른말이라고 속사포처럼 쏘아대는 부정적인 말보다는 칭찬의 말, 격려의 말, 긍정적인 말이 더 많이 듣고 싶더라고요. 이렇듯 서로 입 안에 든 짧은 혀 놀림에 따라 상대의 감정 기복이 생기게 되는 줄 훤히 알면서도 그 짧은 혀 하나 다루기가 말처럼 생각처럼 쉽지 않은 건 살아가면서 풀어야 할 숙제입니다.

어쨌거나 넘치는 건 오히려 모자람만 못할 수 있으니, 말할 때는 분초를 다투는 급한 상황이 아니라면 하고 싶은 말을 최소한 입속에서 5초 이상 숙성시킨 후 입 밖으로 꺼내야겠다고 다짐해 봅니다.

글쎄 말이야 말은 말이야
쓸 말이 있고
버릴 말이 있지

비슷해도 하룻밤 수 천리나 가는
천리마가 있고
천량 빚 갚는 비싼 말이 있고
싸대기 올려붙이고 싶은
막말도 있지

먹고 싸는 건 같아도
백말
흑말
쌍말
말마다
품격은 다르지

놈

놈은 먼지만도 못한 미생물이랍니다.

귀신같은 그놈이 봄, 여름, 겨울 내내 아이들이 공부하는 학교와 기도의 집인 성당, 예배당, 사찰 등과 공공시설의 대문을 잠가 버렸고요. 그도 모자라 하늘땅 바닷길까지 곳곳 막아놓았지요. 그래 놓고 해가 넘어가도록 "날 잡아봐라. 용용" 조롱하듯이 지구촌을 들었다 놨다 하니 처음에는 정말 숨이 막힐 지경이었지 뭐예요.

그런데 요즘은, 어쩌면 감기처럼 평생 옆구리에 끼고 살아야 할지 모른다는 두려움에 휩싸일 때가 있으니 큰일입니다. 이렇듯 쉽게 물러설 것 같지 않다면 그놈에 대해 좀 더 확실히 알아둬야겠기에 인터넷을 뒤적여가며 찾아낸 정보들을 펼쳐놓아 봅니다.

놈은 사람을 좋아하는 건지, 얕보는 건지 꼭 사람을 통해서만 전파된다는군요. 특히 상대방의 코와 입을 통해 몸속으로 숨어든다고 하니 침투를 막기 위해서는 마스크가 꼭 필요하고요. 이웃과의 비대면, 즉 거리두기와 잦은 손소독이 가장 효과적이랍니다. 짐작했던 것보다 놈이 우리 주변을 맴돌며 침입할 틈을 엿보는 시간이 훨씬 더 길더라고요. 단 하루도 만지지 않고 살 수 없는 문 손잡이, 냄비, 수저 등의 금속이나, 거울, 술잔 등의 유리에서 5일이나 붙어있을 수 있고요. 가구 등 각종 나무제품에는 4일, 지하철이나 버스 좌석에도 2-3일 이상을 납작 엎드려 호시탐탐 침범의 기회를 노린다는군요. 상상만 해도 섬뜩하여 남녀노소가 살얼음판 걷듯 벌벌 떨며 몸을 사릴 수밖에요. 그래도 놈이 음식물에는 접근 못 한다고 하니 그나마 다행이긴 합니다.

아무튼 놈의 힘은 놀랍습니다. 미국 백악관은 물론 외국 수상관저의 높은 담마저 겁 없이 넘나든다는 소식에 혀를 내둘렀지 뭐예요. 인간이 쌓아놓은 계층의 장벽조차 깨버렸으니까요. 놈 앞에서는 상하좌우 상관없이 평등하다는 것을 일깨워 준 점은 그나마 인정해 주고 싶네요.

그러나 놈이 동서양을 막론하고 아무리 날뛰어도 인간은 만물의 영장입니다. 비대면 거리두기 하는 날이 올 것이라고 미리 예측한 듯 소통을 위한 휴대폰이 손에 손마다 쥐어져 있고요. 각 학교 및 종교시설의 대문이 걸어 잠길 걸 벌써부터 알아채고 위기상황에 대비해 온라인이 이처럼 발달했다고 주장한다면 지나친 억지일까요. 우리는 최첨단의 시대를 살고 있습니다. 긴장의 끈이 풀어질 기미만 보이면 물귀신 작전으로 파고드는 놈들과의 싸움에서 반드시 승리할 것입니다. 말끔히 소멸시킬 수 있는 백신 개발로 만물의 영장이란 이름값을 톡톡히 해내고야 말 것입니다.

꼬리가 잡히지 않는 놈들로 인해 짜증과 불안감이 범벅이던 지난해 여름 날, 샘터교회 안중덕 목사님의 '코로나 시대가 전해주는 메시지'를 읽고 샘물과 같은 감동을 받았기에 살짝 큰 제목만 옮겨봅니다.

① 마스크를 착용하라는 것은 '잠잠하라'는 뜻입니다.

② 손을 자주 씻으라는 것은 '마음을 깨끗이 닦으라'는 뜻입니다.

③ 사람과 거리를 두라는 것은 '자연과 가까이 하라'는 뜻입니다.

④ 대면 예배를 하지 말라는 것은 '언제 어디서나 하나님을 바라보라'는 뜻입니다.

⑤ 집합을 하지 말라는 것은 '소외된 이들과 함께 하라'는 뜻
  입니다.

  말 많은 내가 입을 다물게 되면 사랑스러운 것들에 시선이
머물고 그동안 듣지 못했던 아름다운 소리와 미세한 속삭임이
들려올 거라네요. 소외된 이들도 찾아보고요. 그들에게 관심과
사랑을 나누어준다면 세상은 더욱 따뜻해질 것이라는 다섯 문
장에 함축된 뜻을 공감하는 순간, 스스로를 돌아보고 반성하게
되더군요. 그놈에 대한 원망과 불만으로 놓치고 있던 부분을
잔잔한 울림으로 콕콕 짚어 준 고마운 메시지입니다.

  머리로 백만 가지 아는 것보다 한 가지 실천이 더 값지다지
요. 거리에서 펄럭이는 현수막의 구호처럼 '거리는 두되 마음
은 더 가까이' 만나고 싶은 그리움들 전화기 통해 해소하고 서
로를 위해 기도하면서 끈적끈적한 인정으로 똘똘 뭉쳐야겠습
니다. 그러면 머지않아 승리의 찬가를 부르는 날이 올 것이라
고 굳게 믿습니다. 그때 가서 우리 마음껏 누려보자고요. 되찾
은 일상의 자유와 행복을……

  매사 불편하고 엄청 귀찮더라도 방역지침, 예방수칙 철저히
따르고 지켜야 하고요. 화장실 갈 새 없이 바빠도 면역력 키우
는 운동 틈틈이 해서 건강 유지하기로 해요.

마스크 없이도 편히 숨 쉴 수 있는 공기의 소중함, 모여서 크게 부를 수 있는 노래의 즐거움, 이웃들과 나누는 수다의 감사함을 깨닫게 된 우리가 한층 더 세상을 아름답고 복되게 살아갈 수 있을 거예요.

그때쯤이면 놈에 대해 조금은 긍정적인 평가를 해 줄 수도 있지 않을까요?

쑥 이야기

참 끈질깁니다. 어쩌자고 남의 영역 안으로 쑥 들어와 죽죽 발 뻗으며 염치없이 세력을 확장해 가냐 말입니다. 그렇게 아무데시나 쑥쑥 자라서 이름도 쑥이라고 불렀나 봅니다. 밭둑이면 밭둑 논둑이면 논둑, 묵정밭은 더 신나서 쑥쑥 크는 쑥입니다.

그래서 골칫덩이라고 구박하던 쑥이 알고 보니 만병을 다스리는 약초더군요. 볕이 드는 곳이면 흔하게 볼 수 있는 쑥은 국화과에 속하는 여러해살이풀인데요. 여성들의 생리통, 생리불순 등 부인병에 탁월한 효과가 있으며, 고혈압, 변비, 당뇨병 개선, 암 예방 및 각종 질병에 대한 면역력을 강화시켜 준다고 합니다.

우리 어른들은 해마다 단오가 되면 들판에 지천인 쑥을 쑥

쑥 베어다 볏짚으로 엮어서 뒤란 벽에 매달았습니다. 여름밤이면 가족이 둘러앉은 평상 옆에서 바짝 마른 쑥을 태워 모기와 나방 등 날벌레를 퇴치시켰지요. 매캐한 연기와 뒤섞인 쑥 향이 은은히 퍼지던 그 밤이 그리워질 때면 어느새 마음은 슬금슬금 고향으로 달음박질칩니다.

내 어린 시절은 학교에서 수업 외 시간에 혹은 과제로 풀 베는 일이 종종 있었는데요. 풀을 베다가 서툰 낫질로 손이라도 베이면 너도나도 쑥 이파리 후루룩 훑어다 싹싹 비벼서 손에 꼭 쥐고 다시 풀을 베었던 추억이 아른아른합니다. 마치 한 장의 그림처럼, 단발머리 까까머리 동무들 얼굴이 선명한 유년의 길목에는 불쑥불쑥 쑥이 등장합니다.

쑥 종류도 여럿이라는 걸 쑥 뜯고 풀 베며 알았지요. 잎과 줄기가 뽀얀 참쑥, 줄기가 붉고 매끈한 물쑥, 산자락에서 자라는 산 쑥, 냄새가 강한 개똥쑥 등등. 근래 우리 텃밭에서 극성을 부리는 종류는 참쑥인데요. 척박한 땅에도 깊이 뿌리를 박고 번식하며 쑥쑥 자라는 쑥은 암만 봐도 잡초 중의 왕초입니다. 특히 잔디밭이나 시골 밭에는 초대하지도 않았는데 토끼풀, 망초, 바랭이들과 함께 숨어들어와 영역 다툼이라도 벌이듯 순식간에 쑥대밭을 만들어 놓는 걸 보면 기가 막힙니다.

그렇게 빈틈에 비집고 주저앉기만 하면 팔다리 뻗고 쑥쑥 크는 쑥의 역사를 거슬러 올라가 봤더니 단군신화부터 등장하더군요. 쑥의 역사가 그리 대단하니 끈질김을 인정할 수밖에요. 더군다나 원자폭탄으로 죽음의 땅이 된 히로시마에서도 살아남았다지 뭐예요. 다른 동식물들이 전멸한 폐허에서도 살아난 유일한 식물이라니…, 워낙 생명력이 강하고 질겨서 인체에 필요한 면역력과 해독작용 등 뛰어난 약효를 지닌 만병통치약이 되었나 봅니다. 건강에 좋다는 나물이나 약초의 근성을 살펴보면 하나같이 끈기가 대단하던걸요. 무참히 밟고 밟아도 보란 듯이 올라오고, 뽑고 뽑아도 고개 빳빳이 들고 일어나는 쑥의 번식력만큼은 탄복하지 않을 수가 없습니다.

올해도 꽃피던 봄날, 이웃들과 밭둑 강둑에 앉아 쑥덕쑥덕 하며 쑥쑥 올라온 쑥을 도려다 쑥버무리랑 쑥개떡을 빚었네요. 뜨거운 여름날 텃밭에서 세력을 확장해 가는 쑥을 모질게 쑥쑥 뽑아버리고, 밭둑에서 자란 쑥을 베어다 약용으로 혹은 퇴비로 사용하면서 혼자 중얼거립니다. 다양한 식재료 뿐 아니라 만병을 다스릴 수 있는 쑥이 어디서나 흔하게 쑥쑥 자라줘서 고맙다고 인사하며 '봄날'을 노래합니다.

꽃샘의 앙탈에도 부서진 햇살 먹고
산수유 진달래 벚
개나리 청매홍매
앞 다퉈
연줄연줄 꽃 잔치 만발이네

흰나비 부전나비 한가로이 노닐다
민들레 꽃다지
풀밭 밥상 앞에서
단아한
춤사위로 요리보고 조리재고

겨우내 칩거해 온 봄내 골 아낙네들
마스크 단장하고
쑥 뜯고 달래 캐며
수다 꽃
쑥국쑥떡 바구니에 가득이네

다시

—

부르는 노래

무심한 한 마디가 전해준 뜻밖의 위로와, 사소한 대화 속에 숨어 있던
온기와 배려의 순간들...

물안개 속 이야기

저물어가는 한 해가 아쉬운 동짓날에 올챙이 적 친구 셋이 만났다. 칼바람을 가르며 달려간 곳은 소양강댐 정상이었다. 텅 빈 주차장에 자동차를 주차하면서 "이렇게 추운 날 우리나 오지, 누가 오겠어."라고 깔깔거리며 차 문을 열고 내렸다. 호 숫가를 몇 발자국이나 걸었을까. 찰랑찰랑한 파란 호수 위로 얼음 안개가 날아다니는 진귀한 풍경을 마주한 우리 입에서 탄 성이 터져 나왔다. 잠시 소녀 감성에 젖어 알알한 콧등을 두 손 으로 감싸고 서 있다가 뼛속을 파고드는 맹추위를 느낀 순간, 낭만은 개뿔! 우리는 다시 현실 속 할머니로 돌아와 있었다. 동 태가 되는 몸부터 빨리 녹여야겠기에 소양강댐 수몰전시관 안 으로 뛰어 들어갔다.

유리창 밖으로 펼쳐진 저 호수가 고향을 삼킨 날이 언제였

느지 아득하건만, 추억은 늙지도 않는 걸까. 고향으로 달려가는 비포장도로는 달이 가고 해가 가도 빛이 바래지 않으니 말이다.

댐이 생기기 전, 내평리에는 골짜기마다 불리던 지명이 있었다. 아름드리 소나무 군락지인 '솔무정(혹은 솔미정)', 비범한 물빛이 빚어낸다는 아름다운 마을 '배수구미', 맑은 물이 고인다는 '고일', 서당이 있었다는 '당골', 천리터 보다 가까운 '뱅미터', 개울이 여울져 흐른다는 '여우내' 등등…

그리고 한씨 성을 가진 총각이 가리산에 묘를 잘 쓰고 중국 천자가 되었다고 해서 '한터'라고 불리던 마을도 있었는데, 거기가 바로 내 고향이다.

북산면사무소에서 솔무정을 지나 한터 쪽으로 내려오면 신작로 옆에 강둑을 뒤로 한 내평국민(초등)학교가 아담하게 자리 잡고 있었다. 춘천에서 춘천초등학교 설립 후 두 번째로 세워진 학교라고 하니 당시에는 내평리가 꽤나 번화했던 마을이었음을 짐작해 볼 수 있다. 일자형 단층 목조건물 중앙에 교무실이 자리 잡고 아이들이 공부하는 교실은 교무실 양옆으로 3개씩 총 6개나 있었다.

1학년부터 6학년까지 한 반에 4~50명씩 빼곡히 들어찬 교실에서 우리는 올챙이처럼 오물거리며 땡그랑 땡땡 울리는 학교

종소리 따라 움직였다. 영이, 철수, 바둑이가 등장하는 국어책을 읽으며 구구단을 외우고 셈법을 배웠다.

우리 집은 학교와 가깝다 보니 걸핏하면 바로 밑에 남동생이 '땡땡지' 간다고 나를 따라오는 바람에 어머니가 쫓아와서 야단치며 업고 가시곤 했다. 그러나 출렁다리 건너 물로리 친구들, 고일 친구들, 부귀리 친구들은 학교와 집이 멀어서 언니 오빠 형들이 수업 마칠 때를 기다렸다가 같이 모여서 돌아가곤 했었다. 그 당시 고일 살던 명숙이는 2학년 때인가 혼자 집으로 가는 산길에서 철쭉꽃을 참꽃인 줄 알고 따 먹고 죽을 고비를 넘겼다는데, 지금은 그 아릿한 기억마저 고향의 그리움을 공유하는 추억이 되었다며 참꽃처럼 웃는다.

전시관에는 사계절을 나타내는 당시의 마을 사진들도 눈에 띄었다. 희미하고 누런 흑백 사진들을 가만히 바라보고 있자니, 가슴 밑바닥에서 퍼올린 고향 풍경들이 컬러사진보다 더 선명하게 파노라마처럼 펼쳐진다.

봄에는 미루나무 줄 선 신작로 옆을 호미로 파서 코스모스 모종을 심었고, 여름에는 친구들과 강가로 달려나가 입은 옷 홀홀 벗어 돌멩이로 꾹 눌러 놓고 강물로 뛰어들었다. 바윗돌 붙잡고 물장구치며 놀다가, 빈 도시락 들고 돌멩이가 좍 깔린 강물에서 달팽이를 주워 집에 가져가기도 했다. 가을이면 논둑 밭둑에 지천인 메뚜기를 잡고 알밤을 주우러 다녔다. 겨울에는 여자애들은 사방치기, 고무줄놀이하고, 남자애들은 딱지치기와 공놀이, 닭싸움하며 뛰어놀았던 코흘리개 시절 기억들이 방금 본 영화처럼 또렷하고 생생하다.

그토록 정겨운 마을과 학교가 정부 경제개발 국책 사업으로 세워진 거대한 댐으로 인해 그림자도 없이 수몰되어 지금은 흔적조차 찾을 수 없다. 정겹고 아름다웠던 우리 마을, 수많은 졸업생을 배출해 낸 역사와 전통이 있던 나의 모교가 여전히 물속에 잠겨 있어 애통하고 허탈한 심정을 저 호수는 알고 있을까.

그리운 건 고향 마을과 학교만이 아니다. 모래알처럼 뿔뿔이 흩어져버린 소박한 인심이 더 그립고 아쉬워서 자꾸 뒤돌아보게 되는 요즘이다.

1층 수몰전시관을 꼼꼼히 돌아보던 친구 목 원장은 전시관 흑백 영상 속에 본인이 들어 있다며 기뻐하고, 눈 크게 뜨고 찾아봐도 자신의 어린 시절 모습을 찾지 못한 송 사장은 허무한 표정을 짓고 있었다.

동짓날, 한 동네서 키재기하던 친구 셋이 고향을 덮고 있는 소양강댐 호수를 눈에 담고 돌아서는데 문득, 무엇이 그리 급했던지 하늘나라로 먼저 떠난 얼굴들이 떠올라서 객쩍게 눈앞이 흐릿해진다.

잃어버린 강

나를 낳아 키운 강 어찌 잊으랴
가고 싶고 보고 싶어 달려가건만
어디가 찾을 거나 꿈길서 만날 거나
집집이 조석연기 제 올리던 마을
당골 한터 배수구미 고일을 먹이던
그 젓줄 간데없고
찰랑찰랑 맹물만 눈에 가득 고였어라
진분홍 봄 철쭉 흐드러지고
갈 단풍 아롱다롱 피던 바위산 허리
휘휘 감돌던 파란 물줄기
길게 꼬리 치던 강에서 달팽이 줍고
훌렁훌렁 벗고 물장구치던 아이들
물차던 날 바람따라 홀연히 흩어져 간

그 목소리 찾아 밤새워 듣고 싶어라
앞산 뒷산 질펀한 참꽃 따먹고
논두렁 밭두렁서 메뚜기 쫓던 아이들
하나둘 셋… 요단강 건너가고 있는데
후손 없는 내 고향을 어찌할거나
후손 없는 우리 고향을 어찌할거나

제4부 다시 부르는 노래

주먹 감자

지난해 이어 L 수필가님께 봉지에 담긴 감자를 건네받았다. 강원도 감자원종장에서 공급하는 '두백'이란 씨감자인데 분이 많아 소비자들이 선호하는 품종이란다. 감자를 한 개씩 손에 쥐고 요리조리 돌려가며 씨눈을 도려낸다. 씨감자를 바구니에 담아 들고 밭으로 간 우리 부부는 고랑에다 정성을 눌러 심는다.

해마다 춥고 앙상했던 춘천 금병산 기슭에 진달래 꽃망울이 벙글어질 때면 밑거름을 넉넉히 뿌린 밭고랑에 검정 비닐을 씌우고 감자 씨를 심는다. 고물고물 흙을 뚫고 나온 감자 싹이 파랗게 고랑을 덮는 5월 말쯤에는 열여덟 처녀 살결 같은 뽀얀 꽃이 눈처럼 감자밭 가득 피어난다. 평창 메밀꽃밭을 연상케 하는 감자꽃밭이다. 꽃이 지고 싹이 시들고 연중 낮이 가장 길다는 하지가 되면 감자 수확이 시작된다. 파란 싹을 걷어내고 호미로 긁적이면 흙 속에서 감자 가족이 배시시 웃으며 얼굴을 내민다. 곧 밭고랑에 나란히 누워 젖은 몸 말리는 감자를 바라보고 있노라면 안 먹어도 배가 부른 듯 흐뭇하다.

크나 작으나 감자는 버릴 게 하나도 없다. 주먹 감자는 찐 감자로 파근파근하게 쪄 먹기도 하고, 강판이나 믹서기로 갈거나 곱게 채 썰어서 양파, 풋고추, 당근을 썰어 넣고 부침개를 만들어 먹을 수도 있다. 뼈다귀 감자탕, 감자볶음, 옹심이 칼국수, 감자 샐러드를 비롯해 담백한 감자요리는 늘 입맛을 다시게 한다. 공깃돌처럼 자잘한 감자까지 껍질째 조리면 밥도둑이 따로 없다. 감자는 칼륨과 비타민 등 우리 몸에 필요한 영양소가 풍부해서 성인병 예방은 물론, 다이어트, 피부미용, 위장 건강 증진 등 효능이 뛰어난 식품으로 널리 알려져 있다.

이렇듯 장점이 많은 감자지만, 햇빛만 보면 알알이 시퍼런 독기를 품기 때문에 꼭 그늘지고 서늘한 곳에 보관해야 한다. 또한, 몸에 난 상처나 습기를 말리지 않고 무관심하면 금세 몹쓸 구린내를 풍기며 제 살을 썩히기 일쑤다.

어느 날 보관해 둔 감자를 꺼내러 지하실로 내려갔는데, 상자를 열자마자 뿜어져 나온 퀴퀴한 냄새가 코를 찔렀다. 애써

비축해 놓은 감자가 한순간 다 썩어버렸다는 당혹감에 급하게 감자를 쏟아놓고 보니 썩은 건 겨우 대여섯 개뿐, 거의 성한 감자들이 나뒹굴고 있었다. 한편으론 다행스러우면서도 고작 썩은 감자 여섯 개가 온 지하실을 냄새로 어지럽혔다는 사실에 적잖이 당황스러웠다. 골라낸 썩은 감자를 묵은 신문지로 싸서 쓰레기통에 버리고 돌아서는데 잠깐 멈칫해졌다. 썩어도 얼어도 먹을 수 있는 건 감자뿐이라고 말씀하시며 굼벵이가 파먹다 남긴 감자 쪼가리, 겉보리 한 이삭까지 먹거리를 소중히 다루시던 친정 할머니 생전의 모습이 눈앞에 아른거려서였다. 그러자 내 마음은 또 다른 추억 속으로 달음질쳤다.

당시 여름에는 동네 개울가로 못난이 항아리가 죽 늘어서 있었는데 저마다 주인이 있는 감자 썩히는 항아리들이다. 밀짚이나 보리 짚을 얹고 누름돌로 꾹 눌러 둔 항아리에서는 흰 거품이 부글거렸고 똥파리가 윙윙거리며 맴돌았다. 근처로 다가가면 변소보다 더 고약한 냄새가 코를 움켜쥐게 했다. 장마로 개울물이 잘방잘방 흐르면 어머니들은 항아리 속 썩은 감자를 함지에 쏟아놓고 감자 껍질 등 불순물을 체로 걸러낸다. 썩은 내가 진동하는 함지 안 누런 물이 맑은 샘물이 되도록 며칠 동안 우려낸 다음 함지 바닥에 단단하게 가라앉은 앙금만 건져내

햇볕에 바짝 말린다. 그렇게 재탄생한 녹말가루는 똥파리가 날 아다니던 항아리에서 나왔다는 사실이 전혀 믿기지 않을 만큼 뽀득뽀득 곱고 부드러웠다.

요즘은 감자를 썩혀 만든 가루는 일부 산골동네를 제외하고 는 찾아보기 힘들다. 그래도 나는 행복하다고 해야 할까, 화천 과 철원에 사는 친구 집에 가면 썩힌 녹말로 만든 추억의 감자 범벅이나 감자떡을 맛볼 수 있으니 말이다. 볕 좋은 가을날, 울 타리 콩 따가란 성화에 화천 상서면 노동리 친구 집으로 달려갔 더니 콩 튀듯 바쁜 일손 놓고 별식을 만들어 준다. 냄비에 주먹 감자 깎아 넣고 울타리 콩 까 넣고, 여름내 정성으로 썩혀 만든 뽀얀 가루를 끓인 물로 조물조물 주무르다 말랑해진 반죽을 얇 게 저며 얹고 뜸 들인다. 군침이 돌게 하는 감자범벅 냄새, 부드 럽고 찰지고 담백한 내 고향 강원도의 맛이다.

예전에는 비탈 산이 많아서 강원도 주민을 비하하는 의미로 감자바위라는 단어가 사용되곤 했었다. 그런데 요즘은 산 이슬 맑은 바람 머금은 푸근한 감자 맛으로 인해, 건강하고 믿음직한 강원인을 지칭하는 것 같아 오히려 애착이 간다. 감자라는 어 감이 우직하고 친근해서 더 정겹게 느껴진다고 할까. 씨감자를 고랑에 눌러 심으며 흥얼거려 본다.

생긴 건 울퉁불퉁
볼품없어도

강원의 맛 푸근한 멋

곰곰 뜯어보니
네가 바로 듬직한 바위구나

이런저런 추억에 잠겨 일하다 보니 생각보다 빨리 씨감자 심기를 끝마칠 수 있었다. 집에 돌아와 씨눈 도리고 남은 감자 속은 깨끗이 씻어 밥솥에 얹고 밥을 지었다. 구수한 감자 맛이 입안 가득 퍼지며 봄날 까칠한 입맛을 확 끌어당긴다. 검정 봉지에 '두백'이란 품종의 씨감자를 건네준 L 수필가님께 고맙다고 인사 문자를 보냈다. 주먹 감자 수확할 상상을 하니 벌써부터 마음이 넉넉하고 푸근해진다.

다시 불러본 강원도 노래

새밝의 예나라 정든 내 고장
아침 해 먼저 받는 우리 강원도
눈부신 금깅 설악 관동의 팔경
신비한 대자연을 여기 와보라
광명과 희망이 용솟음친다.
동해의 푸른 물결 부딪는 곳에

속초로 향하는 고속도로 위에서 흥얼거리며 불러본 위 노랫
말은 내가 어린 시절 입이 닳도록 부르고 귀에 딱지가 앉도록
들었던 노래다. 지금의 어른들 중 강원도에서 초등교육을 받은
사람이라면 이 노래를 모르는 사람은 아마 한 명도 없을 게다.
언젠가 춘천 토박이인 P 선생님의 이야기를 듣고 크게 웃었었

다. 식료품을 사기 위해 가게에 막 들어서는데 계산대 옆 TV에서 귀에 익은 노래가 흘러나오길래 고향 까마귀를 만난 듯 반가워 얼른 아는 척했다고 한다.

"어, 저 노래는 우리 학교 교가인데…"

그 말이 채 끝나기도 전에 가게 주인이 의아한 얼굴로 되묻더란다.

"저 노래가 교가예요? 난 강원도 노랜 줄 알았는데…."

그제야 교가가 아닌 걸 알고 멋쩍어서 한참 웃었다고 한다. 이렇듯 강원도에서 자란 토박이들은 어린 시절 애국가나 교가만큼 많이 불렀던 노래가 바로 강원도의 노래가 아닐까 싶다. 그래서 나는 지금도 강원도의 노래를 흥얼거리거나 녹음된 노래를 듣게 되면 후렴구의 가사처럼 진짜로 광명과 희망이 불끈불끈 용솟음치는 것 같은 기분을 느낀다.

내리 삼 년째 코로나19 방역지침에 따라, 세미나를 비롯한 단체 행사가 일절 금지되었다. 내가 회장을 맡고 있는 춘천수필 문학회도 마찬가지였다. 그러나 일 없다고 밥 안 먹을 수 없듯이 글 쓰는 사람들이 문학회 활동을 마냥 손 놓고 있을 수는 없었다. 궁리 끝에 지난해 춘천시 탐방에 이어 올해도 회원 4명씩 한 팀이 되어 강원도 전역으로 문학 탐방 범위를 확대하기로 했다. 바이러스 확산에 갇혀 지내던 회원들이 친목도 다질 겸 다시 글감 찾기를 나선 것이다. 조별로 12개 팀이 정해지자 단체 카카오톡에 속속 탐방 날짜와 탐방지가 올라왔다.

우리 조도 덩달아 마음이 바빠졌다. 신선한 바람이 머무는 푸른 호수, 뱀처럼 구불구불 구부러진 도로, 울창한 숲 사이로 옹달샘이 흐르는 골짜기 등 강원도는 산마다 언덕마다 보배의 곳간이다. 어머니 품처럼 넓고 깊은 바다, 흰 파도가 어깨동무하고 화관무를 추는 쪽빛 바다가 눈에 삼삼하다. 회원들과 손잡고 웃음꽃을 피우며 산굽이를 돌고 돌아 깔딱 고개 넘어 오른 정상에서 맛보는 땀의 기쁨 또한 누려보고 싶었다. 이렇듯 마음은 설악산 대청봉도 깡충 뛰어오를 것 같은데 근래 무릎이 신통치 않아서 등산의 꿈은 슬며시 내려놓았다.

이번 탐방에서 내가 운전대를 잡은 우리 팀은 문학회 내에서도 최고령의 회원들이다. 그렇다 보니 굴곡이 많은 산보다는 평탄한 해안가 쪽을 탐방하기로 했다.

당장 한반도의 허리인 고성군으로 달려가 통일 전망대에서 희미한 금강산 자락을 바라본 후 DMZ 박물관을 관람하며 평화 통일을 염원해 볼까, 아니면 관동팔경의 풍광을 답사하며 개다리소반에 술 한 잔 따라놓고 시를 읊던 옛 선조들의 풍류를 체험해 볼까, 역사박물관과 문학관, 국립공원, 고찰 등 가보고 싶은 강원도 내 문화유적지와 지역 맛집까지 헤아리다 보니 열 손가락이 모자란다.

우선 우리 조는 동해안 중 속초를 첫 탐방지로 정했다. 장엄한 울산바위가 하늘 병풍처럼 둘러쳐진 속초시, 6.25 당시 북에서 피난 온 실향민과 본토박이들이 어울려서 형성된 도시 속초는 마치 산바람과 바닷바람이 만나 새로운 청정바람을 일으키듯 지금은 전국에서 손꼽힐 만큼 경치 좋고 공기 맑기로 입소문나서 사계절 관광객들의 발길이 끊이지 않는 건강 도시, 수산도시로 발돋움하였다. 연로하신 팀원들이라 왕복 주행거리가 무리일 수 있으나, 쉬엄쉬엄 움직이며 느리게 흘러가는 세상을 만끽해 보는 것도 좋을 것 같다는 생각에 일단 시도해 보기로 했다.

드디어 탐방 날이다. 4월의 나들이가 코로나로 주눅 들었던 마음에 활력을 불어넣어 준다. 차창 밖으로 펼쳐지는 연둣빛 가로수와 산자락이 상큼하다. 스치는 바람 냄새 또한 풋풋하다.

맑은 숲, 숭굴숭굴 어울려 빗장 풀고 마셔도 몸무게 불어날 염려가 없는 진국의 공기와 산바람이다. 뻥 뚫린 도로와 터널로 달리는 자동차 안이지만, 풍선처럼 들뜬 기분은 하늘을 붕붕 날아다닌다. 내친김에 우리는 흥얼거리던 강원도 노래를 2절까지 함께 불러보았다.

바다엔 산호 진주 수없는 어족
산마다 언덕마다 보배의 곳간
창해역사 이율곡만 헤일까보냐
새 시대 새 일꾼을 여기 와보라
광명과 희망이 용솟음친다.
동해의 푸른 물결 부딪는 곳에

그리고 자동차 액셀을 살짝살짝 밟으며 느긋하고 신나게 달려갔다. 동해의 푸른 물결 부딪는 곳을 향하여…

하늘과 바다와 그대와 사랑

　잔등이 훤히 드러난 한계령의 겨울 경치는 눈물 나게 감동적이었다.

　그래서 좀 더 머물고 싶었는지 모르겠다. 그런 기분과 달리 찬바람에 쫓기듯 자동차에 들어와 앉은 나는 차 문을 쾅 소리 나게 닫고 말았다. 곧이어 운전대를 잡고 액셀을 밟는 남편 옆에서 찐빵 봉지를 손에 꼭 쥐고 눈을 감았다. 찐빵처럼 따듯한 2박 3일간의 사랑만 가슴에 담기 위함이었다.

　결혼기념일을 어찌 보낼까 망설이던 중 전화를 받았다. 고성군 르네블루 호텔 1층에서 상점을 경영하는 교우 요세피나의 연락이었다. 그녀에게 바다가 잘 보이는 방 하나 예약해 달라고 부탁하고 옷가지가 담긴 캐리어를 자동차에 싣고 집을 나섰다. 약도만 들고 찾아가는 초행길이라 정신 바짝 차리고 주위를 살피다 보니 예상보다 빨리 목적지에 도착할 수 있었다.

호텔에 도착한 우리는 바다가 한눈에 내려다보이는 2층 카페로 올라갔다. 커피 한 잔으로 목을 축이고 예약된 호텔 방으로 들어섰다. 통화 중 무심코 결혼기념일이라고 밝힌 내 말을 기억했나 보다. 요세피나가 삼색 풍선에 장미꽃과 케이크, 초콜릿과 사탕이 가득 든 주머니를 들고 나타나 나에게 안겨준다. 예상치 못한 선물을 받자 남편도 덩달아 기뻐하는 눈치였다. 시린 손으로 장미 꽃다발과 케이크를 사 들고 자전거로 바닷바람을 가르며 달려왔다는 그녀가 더없이 고마웠다.

결혼 이후로 이웃 친지와 동석이 아닌 부부만의 여행은 처음이었다. 잊지 않으면 간단히 식당에서 중식이나 저녁 한 끼니로 때우던 기념일을 올해는 요세피나 덕에 호텔에서 호강하게 되었다고 수다를 떨었다. 허투루 보낸 세월의 아쉬움 탓일까, 근래 산다는 게 별거 아니란 허무감에 잠기곤 했었다. 기력이 다하는 날까지 하고 싶은 일엔 최선을 다하겠지만 어디에도 얽매이는 건 싫다. 눈치 볼 부모님이 계시나, 딸린 젖먹이가 있나, 뒷바라지할 학생 애가 있나, 지금이 인생에서 가장 편안한 시기인데⋯. 다리 더 떨리기 전에 구경할 데 있으면 가서 구경하고 적당히 여유를 즐기는 삶을 살아보고 싶었다.

그래도 처음엔 남편과 단둘이 떠나는 여행이 달갑지 않았다. 종일 같이 움직이다 보면 의견충돌이 매번 발생해서였다. 밭에서 농사일하다가도 투덕투덕하다 돌아오는 일이 빈번한데 모처럼 벼르고 별러서 떠나는 여행에서마저 기분을 망치고 싶지 않았기 때문이었다.

평소 남편은 내가 굽은 길로 가자고 하면 고속도로로 들어선다. 휴게소에 들르자고 하면 볼 게 뭐 있냐며 그냥 휑하니 지나치기 일쑤였다. 나는 뻥 뚫린 넓은 길보다 구부러진 길이 더좋고, 꼭 화장실 볼일이 아니라도 휴게소에 들리면 자판기 커피라도 한 잔 들고 잡다한 물건을 들여다보는 재미가 쏠쏠한데 남편은 그렇지 않다. 왜 빠르고 넓은 길 놔두고 멀고 불편한 길로가냐. 살 것도 아니면서 왜 기웃거리느냐고 핀잔이었다. 늘 그렇듯 현실과 감성의 벽에 부딪혀 불꽃 튀기는 논쟁이 풀풀했기에 주춤거렸었다.

그런 줄 아는 남편이 웬일로 둘만 가자고 제안했다. 결국, 마지못해 따라나섰는데 그런저런 고집도 세월 무게에 눌려 기가꺾인 것일까. 확실히 예전과 달랐다. 내가 손짓하면 두말없이핸들을 돌리고, 내려서 풍경 사진을 찍으면 잠자코 기다려주는 걸 보니 괜히 머쓱하다. 자기 기분대로 재촉하고 행동할 때는 치미는 울화로 울근불근했는데 정반대로 나오니까 오히려 안쓰럽게 느껴지는 게 아닌가. 참으로 간사한 게 사람 마음이다.

아무래도 떠나기 전날 서로 기분 상할 언행은 일절 금지하기로 한 약속이 약간의 효력을 발휘한 것도 같다. 첫날 오후는 하늘과 바다가 맞닿은 수평선을 바라보며 호텔 근처 해안을 앞서거니 뒤서거니 거닐고, 송지호 산책길을 맴돌며 잔잔한 호수 위로 저무는 해를 고요히 감상하였다.

이튿날 아침, 바닷가에 왔으니 일출을 꼭 봐야겠다는 내 말 끝에 "맨날 보는 일출 뭘 또 보냐."라고 한소리 하면서도 5층 숙소에서 호텔 로비까지 동행해 준 남편이었다. 나란히 서서 수평선에서 불쑥 솟아오른 쟁반 같은 불덩어리가 연회색 하늘에 척 달라붙는 경건한 순간을 설렘으로 지켜보았다. 이어 동녘에 매달린 은쟁반에서 쏟아지는 빛이 온 누리로 퍼져가는 신령함에는 손이 저절로 모아졌다.

한낮에는 고성 통일전망대와 DMZ 박물관을 찬찬히 둘러보았고, 해안도로를 타고 죽 내려오면서는 시리도록 푸른 바닷가 풍경에 메마른 마음을 촉촉이 적시었다. 만찬은 요세피나가 손수 끓인 얼큰한 우럭 매운탕으로 두 집 부부가 마주 앉아 즐겁

게 담소 나누며 영양을 보충했다. 사위가 완전히 어두워진 후
로는 꼼짝 않고 서서 반짝거리는 등대와 검은 바다 위를 느릿느
릿 움직이는 오징어 배 불빛을 내려다보며 남편과 함께 등대지
기 노래를 나직한 음성으로 흥얼거리기도 했다.

　마지막 날이다. 아홉 시 반경, 호텔에서 나온 우리는 고성 민
속촌인 왕곡마을을 거쳐 천학정과 천강정을 비롯해 포구마다
발자국 도장을 꾹꾹 찍어놓고 한적한 어촌 경치를 눈 속에 고이
담았다. 아야진항에서 회덮밥으로 늦은 중식을 해결하고 오랜
만에 굽이굽이 굽잇길인 한계령으로 들어섰다. 일일이 열거할
수 없는 하늘과 바다와 산과 마을의 풋풋한 숨결을 가슴과 눈에
눌러 담으며 출발 전 염려했던 의견 충돌이 단 한 건도 없었노
라고 만방에 자랑하고 싶었다.

　그러나 딱 거기까지였다. 지어먹은 마음 삼일을 못 간다더
니, 한계령 휴게소에 들러 이것저것 돌아보고 싶은 내 기분과
달리 남편은 버릇처럼 휴게소에서 살 게 뭐 있냐며 잠바도 안
걸치고 나와 못마땅한 얼굴을 하고 있었다. 자기는 배가 더부룩
하다며 밖에서 빙빙 돌더니 휘몰아치는 산바람이 추운가 보다.
급할 것도 바쁠 것도 없건만 빨리 가자고 재촉하면서 혼자 주차
장 끝머리에 세운 자동차를 향해 되돌아가고 있는 게 아닌가.

"이구, 그럼 그렇지."

등허리가 훤한 한계령의 한가한 풍경이 가슴 시려서 느긋하게 머물며 차 한 잔으로 녹여보고 싶었던 나는 발끈하려던 속내를 지그시 누르며, 따끈한 찐빵 한 봉지 사서 들고 남편을 향해 부리나케 걷고 있었다.

"사람이 한꺼번에 갑자기 변하면 일 난다니까. 이 정도로 눈 감아 줄 테니, 그대 오래오래 건강이나 하시우."

라고 중중거리면서.

방심

　춘천 문인들과 같이 내가 영월 김삿갓 문화제에 참가하기로
한 건, 몇 달 전부터 예약된 일정이었다. 영월 땅을 밟은 그 날
은 태풍의 영향으로 가을비가 솔솔 흩뿌리고 있었다. 미리 준
비해간 우산과 비옷으로 무장한 우리는 먼저 단종의 유배지 청
령포를 돌아보았다. 노산대에 올라 서강을 바라보고 있자니 안
쓰러움이 몰려들었다. 한창 어리광부릴 나이에 왕이 되고 유배
당한 단종의 심정이 어떠했을까. 짠한 감정에 추적추적 내리는
비까지 더해지니 그의 비참함이 고스란히 전해지는 듯했다.

　청령포에서

　어린 왕의 넋을 알현하고

줄줄 눈물 흘리는 하늘 붙잡고

노산대 올라

흐르는 서강 바라보다

관음송 아래 임자 없는 저 빈집

객들이 시나브로 들며 나며

전설처럼 듣는 어둠의 발자국 소리

얼마나 서럽고 또 두려웠을까

쉼 없이 두런두런

저 강물 따라

꼿꼿이 살아서 흘러 흘러가리라

가엾은 왕의 슬픈 그 얘기

　청령포를 나온 우리는 시화전이 열리는 김삿갓 유적지로 이
동하였다. 저마다 각양각색의 우산을 받쳐 든 이들 틈에서 언
어의 꽃밭을 둘러보며 우울한 기분을 전환시켰다.

　가을 태풍으로 시화전을 제외한 다른 문화제 행사는 동강시
스타 리조트 실내에서 거행되었다. 일정표 마지막 순서인 나태
주 시인의 시 강의가 모두 끝나고, 삼삼오오 흩어져 각자 배정
받은 객실로 향했다. 나는 주최 측이 나눠준 막걸리 두 병과 귤

한 봉지를 왼팔로 끌어안고 오른손엔 여행 가방을 들었다. 우산을 들 수 없기에 눌러쓴 모자만 믿고 어두침침한 빗길 계단을 서둘러 올라갔다.

뜻밖의 사고는 늘 방심하다가 발생한다. 계단에 다 올라섰을 즈음 끝에 낮은 턱이 하나 더 있는 걸 모르고 발을 내딛다가 그만 앞으로 폭 꼬꾸라졌다. 뒤따라오던 문우들이 본 게 부끄러워서 괜찮은 척 얼른 일어나 몇 걸음 옮겼다. 그런데 혀끝에 무언가 걸리적거리는 게 아닌가. 객실로 들어가 거울을 보니 앞니 두 대가 무참히 깨져 있었다. 불길한 예상을 직접 눈으로 확인하고 나니 그대로 풀썩 주저앉아 울고 싶었다. 앞니만 아니라 마음이 깨져 버린 것 같은 착각에 온전히 서 있는 것조차 힘들 지경이었다.

춘천문인협회 최현순 회장님과 임원들이 걱정하며 내 방을 다녀가시고 일부러 찾아와 위로해주는 문우들이 고마우면서도, 즐거운 잔칫날 분위기가 나 때문에 엉망이 된 것 같아 미안하기만 했다. 늦은 저녁에는 지역 문인만 따로 모이는 자리에 참석할 수 없어서 혼자 묵주를 들고 숙소에 앉아 있는데, 고려대 평생교육원 김순진 교수님이 들러 주셨다. 내가 다쳤다는 소식을 얼핏 듣고 숙소로 찾아왔다는 것이다. 반가운 마음에 아픔도 싹 잊은 채 그간의 근황과 문학 활동에 관한 대화를 간단히 나누었다.

주위 분들의 따뜻한 위로를 받아서일까. 들먹거리는 잇몸만큼이나 방망이질하던 가슴이 차분히 가라앉았다.

"그래, 어차피 일어난 사고다. 더 크게 다치지 않은 것에 감사하자."

묵주를 손에서 내려놓을 즈음엔 미셸 드 몽테뉴의 '불행도 어딘가에는 소용이 있다.'라는 문구를 되새김질하며 느긋하게 앉아 시집을 뒤적이었다.

큰 방에서 모임을 끝낸 룸메이트 박봄심 시인님이 돌아왔다. 우리는 계단에서의 사고부터 시작해 밤늦도록 일상에 관한 속내를 풀어놓다가 잠이 들었는데, 진통제 없이도 단잠에 푹 빠져들었으니 감사할 수밖에.

아침 8시, 여전히 추적거리는 빗줄기를 피해 정문 앞에 대기하고 있던 관광버스를 타고 식당으로 이동하였다. 해장국 국물에 밥 말아 입에 떠 넣고 우물우물하다 삼켰다. 밥인지 모래인지 모르겠으나 일절 내색하지 않았다. 비에 젖은 옷보다 더 축축한 기분으로 회원들과 같이 예정된 일정을 마치고 춘천으로 돌아왔다.

참 이상한 일이다. 집이 가까워질수록 가슴이 둥당거리기 시작했다. 일부러 낸 사고가 아니라고 변명하지만, 기껏 외박

하고 집에 돌아와 남편에게 다쳤다는 말은 차마 못 꺼낼 것 같았다. 칠칠맞다고 나무랄 것 같아서 주춤거리다가 숨 한 번 크게 내쉬고 용기를 내었다.

'만약에 싫은 소리 하면 다친 건 난데, 왜 성질내느냐고 내가 먼저 큰소리치리라.'

속으로 단단히 벼르면서 조심스럽게 입을 열었다. 그리고 그 예상은 싱겁게 빗나가버리고 말았다. 내 앞니를 본 남편이 처음에는 당황한 기색이더니 이야기를 대충 듣고 난 뒤엔 내일 치과부터 먼저 가보라면서, 그만하기가 천만다행이란다. 그 다행이라는 말 한마디가 그렇게 고마울 수가 없었다. 살면서 심심치 않게 의견 충돌을 일으켜도 남편이 남의 편이 아니란 걸 다시 확인시켜 준 그 날을 나는 또 잊지 못할 것 같다.

암

여동생이 암 진단 받고 위 절제수술을 받았다. 암이란 병명만 들어도 가슴이 철렁 내려앉은 나는 동생이 항암치료를 받지 않아도 된다는 말을 듣고서야 긴장의 끈을 풀어놓았다. 그리고 거울에 비친 내 얼굴을 찬찬히 들여다보다 잔주름이 자글거리는 눈가가 흐릿해지면서 강산이 네 번이나 변한 세월을 거슬러 오른다.

그해, 결혼 3년 차 주부인 나는 두 아이의 엄마였지만 죽음이란 걸 단 한 번도 떠올려 본 적이 없었다. 어쩌다 부딪치는 이웃의 불행도 별로 대수롭지 않게 보아 넘기고 한 마디로 세상 물정을 모르는 철부지였다. 더구나 암이란 몹쓸 병은 우리 가족과는 거리가 먼 아주 운이 없는 이들에게 걸리는 특별한 병이라고 여길 정도였으니까.

　나이 마흔아홉의 어머니는 우리 5남매를 뒷바라지 하느라고, 연탄불 사용하는 한옥에 열 명이 넘는 하숙생들을 두고 억척스러울 정도로 바쁘게 사셨다. 당신 몸에 이상을 느끼면서도 집안일 걱정에 아픈 몸을 감추고 참아내 오셨다는 건 병원에 입원한 후에야 알았다. 대학생이던 큰동생부터 초등학생인 막내까지 돌보는 와중에도 맏딸인 나를 결혼시킨 후 출산 바라지까지 손수 하셨었다. 게다가 그 많은 방에 하숙생들까지 두었으니 아프려고 해도 아플 수조차 없었을 게다. 어머니의 고달프고 힘겨운 삶은 짐작이 가고도 남는다. 그런 내 어머니가 자궁암이라는 사실을 알게 되었을 때는 이미 암세포가 온몸으로 전이 된 후였다.

　확실한 건 뚜껑을 열어봐야 알 수 있다는 의사의 말만 믿고 수술했지만 한 달 정도밖에 살 수 없다는 사형선고를 받았다. 당시만 해도 암에 대한 지식이 전무했던 우리 가족은 병원 측 설명에만 의존할 수밖에 없었다. 그러나 이미 그 지경인 상태에서 칼을 대면 암세포가 더 빨리 퍼질 수 있다는 걸 나중에야 알고 땅을 쳤지만 때는 이미 늦었다. 수술을 하지 말아야 개복으로 인한 상처(수술자국 세로 20cm)의 고통을 덜 받는 건 물론이고, 하루라도 더 살 수가 있었다는 걸 전혀 알지 못했다. 그 뒤로 우리 형제들이 병원에 대한 불신이 생기게 된 건 순전히 어머니의 수술 탓인 듯 하다.

돈다발을 들고 가서 애걸복걸해도 병원에선 더 이상 손을 쓸 수가 없단다. 그래서 고통을 참으며 회복할 날만 손꼽는 어머니 앞에서 차마 암이란 말은 못 꺼내고 한방약을 써야겠다고 거짓말로 둘러댔다. 이렇게 아픈데 가란다고 펑펑 눈물을 쏟는 어머니를 모시고 집으로 돌아오던 그 날은 길가의 나무들조차 축 늘어서서 함께 통곡하는 것만 같았다.

퇴원 후 어머니의 고통을 눈앞에서 지켜봐야 하는 우리 가족은, 잔뜩 물을 머금은 몸을 가눌 수 없어 어디든 철퍼덕 드러누워 버리고 싶은 심정이었다. 혹시라도 기적이라는 게 일어날까 한의원 한약과 침술에도 기대를 걸어보았으나 전혀 소용이 없었다. 음식을 하나도 삼키지 못하니 가끔 병원에서 출장 나온 간호사가 링겔과 진통제 주사를 어머니 팔에 꽂아주고 돌아갈 뿐이었다. 그 와중에 집안 어른들께서 권하시는 대로 용하다는 점쟁이와 무당을 찾아다니며 귀신을 빌어 앉히는 푸닥거리 굿도 했다. 그런데도 어머니의 증세는 하루가 다르게 악화되어 갔다.

어느 날 이웃 아주머니가 기도원에 가서 기도하면 불치의 병도 치유의 기적이 일어난다고 일러주었다. 무신론자였던 아버지는 어머니와 같이 기도원을 찾아갔다. 하루 만에 돌아오셨지만 그날 이후, 어머니는 분명 달라져 있었다. 모든 것을 수용하고 임종을 준비하고 계셨다.

하루는 뼈만 남은 몸을 일으켜 달라고 하더니 당신보다 두 살 연하인 아버지와 맏딸인 우리 부부가 못 미더웠는지, 큰어머니와 두 이모를 불러 앉혀놓고 피를 토하듯 장례절차를 차근차근 일러 주시는 게 아닌가.

세 돌이 안 된 첫아이와 칠 개월 된 젖먹이가 매달린 나에게 삼복 중이니 상복 입으면 많이 힘들 게다. 아들이 셋이지만 머리에 건 쓸 놈 하나 없으니 베옷 입히지 말고 까만색으로 편한 옷 입히도록 해라. 아침저녁 제수 음식 차리지 말고 편(떡)에는 팥고물이 들어가서 금방 쉰다. 그러니 쌀 한 가마니 흰떡 해서 오신 손님들 섭섭지 않게 대접해라. 그리고 당신 제사상이나 무덤 앞에는 꽃다발만 놓아 달라는 등 마지막 순간까지 단호한 음성으로 하나하나 꼭꼭 집어 당부하시니, 이렇게나 정신이 또렷한 어머니가 곧 돌아가신다는 걸 도저히 받아들일 수가 없었다.

그렇게 삶을 체념하신 듯 담담하다가도 동생들만 보면 바싹 마른 가슴을 치셨다.

"에구 저것들 불쌍해서 어쩌나. 내가 좀 더 살아서 돌봐줘야 하는데…. 내가 더 살아야 하는데 어미 없는 저것들 불쌍해서 어쩌나!"

그때마다 나는 어머니를 위로한답시고 말을 막았다.

"애들이야 어떻게든 다 살아요. 그러니까 제발 엄마 생각만 해요. 지금 엄마가 애들 걱정할 때가 아니잖아요."

검붉은 피를 토하면서도 오직 동생들 걱정뿐이셨던 내 어머니의 제사가 8월 12일이다.

그렇게 철딱서니 없던 내가 어머니의 심경을 절절하게 이해하고 뜨거운 눈물을 줄줄 흘린 건 내 나이가 마흔아홉이 되고 아이들이 초등학생이 되고 중학생이 되었을 때였다. 어머니가 돌아가실 때 동생들이 딱 내 아이들 또래였는데 한창 엄마의 손길이 필요할 때 그 자식을 두고 죽음 앞에 선 심정이 오죽했을까. 일 년이라도 더 살아서 내 새끼들 도시락을 싸주고 싶다며 눈물 훔치던 그 날의 어머니를 떠올리면 지금도 명치끝이 콕콕 쑤신다.

여동생의 암 수술로 뿔뿔이 흩어졌던 사 남매가 한자리에 모였다. 나보다 앞서간 장애인 동생의 빈자리가 썰렁하다. 중간 상처는 망처라는데, 혼자 외롭게 떠돌다 팔순을 코앞에 두고 돌아가신 아버지께도 죄송하다. 이제야 철이 드는 걸까, 각자 살기 바빴던 우리가 지병 하나씩 몸에 지니고 만날 때마다 핏줄의 정을 느끼게 되니 말이다.

"험한 세상 서로 의지하며 잘 살아라."

그토록 당부하신 어머니의 유언을 아버지 생전에 이행하지 못한 불효를 속죄하며, 남은 날이나마 따뜻한 우애 나누며 살아갈 수 있기를 바란다.

이번 여동생의 위암 수술로 인해 형제들이 가끔 얼굴을 볼 수 있게 되었으니 불행 중 다행이다. 그리고 눈 감는 순간까지 애타게 걱정하던 어린 동생들이 사진 속 어머니 보다 모두 오래 살았으니 더 할 수 있는 말은 오로지 감사뿐이다. 산이 험하고 길이 멀다는 핑계로 못 찾아본 부모님 산소를 빠른 시일 내 날 잡아 다녀와야겠다.

아버지

네 아버지가 길 걷다 풀썩 주저앉더라.

이웃의 시한폭탄 같은 예고 흘려들었다. 79세 뇌경색인 홀아버지가 병원 신세 벗어나던 날 등골 시린 시골집으로 모시면서 자분자분 군소리 늘어놓았다. 약 시간 맞춰 제때 드시고 술담배는 절대로 입에 대지 마세요. 이제 또 쓰러지면 모실 사람 없어요. 그간 병간호 수발의 보상심리 슬쩍슬쩍 내비치며 서리 맞아 어눌한 아버지 눈앞에다 치졸한 공치사 죽 펼쳐놓았다. 버르장머리 없는 조리질에도 멍하니 허공만 바라보던 내 아버지, 황망히 떠나신 후로 가시가 남아 목젖을 내리 짓누른다. 다시 살아오신다고 해도 더 잘할 자신이 없어 소리 내 울지도 못했다. 명치 끝에 걸리는 그 이름만 가만가만 불러 보았을 뿐….

아버지! 아버지!

정선에서 부른 아리랑

　우리나라 노래하면 애국가보다 더 많이 사랑받는 노래가 있다. 바로 서민들 삶의 애환이 서린 아리랑이다. 아리랑은 지역마다 가사와 곡조가 조금씩 다르지만 구성지면서도 어깨가 들썩여지는 가락은 거의 비스름하다. 그 중에도 특히 강원도 무형문화재 1호로 지정된 향토민요 정선아리랑은 곤드레나물 밥처럼 부드럽고, 수리취 찰떡같이 차지고, 콧등치기 국수처럼 술술 넘어가는 곡조에다, 풍자와 해학으로 그려낸 노랫말이 다양해서 들을 때마다 그날 기분 따라 웃고 울게 만드는 매력에 노래 속으로 풍덩 빠져들게 된다.

　2022년 가을, 내가 속한 춘천수필문학회에서는 그 '정선아리랑'의 배경이 되는 정선으로 문학탐방을 다녀오게 되었다.

여행 떠나기 전, 인터넷을 검색하여 꼼꼼히 일정표를 작성하면서 아우라지와 아리랑 박물관, 그리고 전통시장에 관한 약간의 정보들을 미리 머릿속에 담아 두었다.

드디어 문학탐방 날, 가을비가 내린다는 일기예보였지만 비가 내리면 오히려 시원해서 좋지 않겠냐는 말로 위안 삼으며 정선 아우라지로 향했다. 두 갈래 이상의 물길이 한데 어우러진다는 뜻을 가진 아우라지 풍경은 마치 한 폭의 산수화를 펼쳐놓은 듯 운치 있는 자태를 뽐내고 있었다. 차에서 내린 우리는 가을비가 안개처럼 흩뿌리는 축축함을 우산으로 막아내며 상현달을 매단 근사한 다리 위로 올라섰다. 예전 여량리 아우라지 강은 사공이 배를 태워줘야만 건널 수 있었다. 그래서 장마 때 물이 불어나면 만날 수 없어 애달픈 심정을 노래한 수많은 아리랑 곡조들이 탄생하게 된 배경이 되었다고 한다.

그러나 지금은 다양한 형태의 다리들이 군데군데 놓여서 장맛비가 억수로 쏟아지고 큰물이 넘실거려도 언제든지 아우라지 강을 쉽게 건너다닐 수 있게 되었다. 당연히 편리함은 이루 말할 수 없겠지만, 한편으로는 조금 더디고 느리더라도 나룻배를 타고 강을 건너며 그 시절 애타게 그리던 절박함을 간접 체험해보는 것도 좋지 않았을까 하는 아쉬움이 남기도 했다.

다리 위를 앞서거니 뒤서거니 건넌 우리는 아우라지 정자(여송정)로 올라갔다. 발원지가 평창 발왕산이라는 송천은 남성을 상징하고, 정선 임계와 태백 대덕산이 발원지라는 골지천은 여성을 상징한다고 해서 두 물길의 흐름을 주시해 보았다. 눈썰미 없는 내가 봐도 송천은 물살이 거칠어 보일 정도로 기운이 철철 넘쳐 흘렀고. 골지천은 고요하고 차분하게 흘렀다. 같은 듯 다른 두 물길의 어울림을 보면서 천지 만물의 음양 조화를 또다시 실감하게 된다. 숲속에서 졸졸거리던 샘물과 골짜기를 지나온 시냇물이 모여 강물이 되고, 결국은 바다에 이르게 되는 물의 여정을 그려보면서 다음 예정지를 향해 걸음을 옮겼다.

오후 일정대로 아리랑 박물관에 도착한 우리는 기원전 600년, 조선 초창기로 거슬러 올라갔다. 고려가 망하자 두 임금을 섬길 수 없다며 정선으로 숨어든 고려의 충신들이 서리서리 맺힌 한을 풀기 위해 읊었다는 노랫말 속으로 스며들었다. 그렇게 마지막 왕에게 충성과 절개를 맹세하며 한탄과 시름을 녹여서 탄생시켰다는 '정선아리랑 수심편'을 감상하고, 이어서 뮤지컬 '정선 아라리' 공연까지 관람하고 나니, 역시 예술은 아픔과 고뇌 속에서 더욱 찬란하고 아름답게 피어나는 꽃이라는 걸 실감할 수 있었다.

긴 아라리, 자진 아라리, 엮음 아라리로 구성되는 정선아리
랑은 부르는 가수 따라 곡조와 노랫말이 조금씩 차이가 있는데,
정선문화재단에서 2010년 발간한 책 「정선아리랑」을 읽어보
면서 그 이유를 알게 되었다. 고려 충신들의 구성진 한풀이 외
에도 정선아리랑은 느린가 하면 빠르고, 높은가 하면 낮고, 슬
픈가 하면 흥겨워지는 가락에다 서민들의 애증과 연민을 풍자
와 해학으로 걸쩍지근하게 그려낸 다양한 노랫말이 공식적인
자료에 기록(채록)된 것만도 10,000여 수가 넘는다고 했다. 그
렇기에 정선아리랑 가사가 세계 민요 가운데 가장 방대하다는
평가를 받고 있다고 하니 감탄사가 저절로 새어 나왔다.

　　이렇듯 정선아리랑은 저마다 생생한 삶의 현장을 노래로 읊
어대며 응어리진 한을 눈물로 삭히고 웃음으로 풀어냈다고 한
다. 고려 충신들과 서민들의 지혜로운 염원을 눈으로 보고 귀
로 듣고 가슴으로 느껴서일까. 정선 전통시장까지 둘러보고 문
우들과 같이 강변 주차장으로 걸어 나오던 나는 오래전 사랑하
는 두 아들 며느리의 결혼식 날, 축복하는 마음 담아 지은 자작
시 두 편이 생각났다. 그래서 문득 떠오른 홀로 아리랑과 정선
아리랑 곡조에 아들들을 위한 시 몇 부분을 뒤섞어 가만가만 입
속으로 불러보았다.

티 없이 흘러온 시냇물이
때 되어 합강을 이루듯이
둘이 만난 건 천생연분
손잡고 노래하는 강물이어라

힘들면 쉬엄쉬엄 흘러가다가
이윽고 바다에 이르거든
나란히 흘러온 길 너무 고마워
미소로 화답하는 예쁜 삶이어라

이어서 '아리랑 아리랑 아라리오. 아리랑 고개를 넘어가 보자.'라는 후렴을 반복해서 흥얼거리다 보니 왠지 모를 새로운 힘이 솟는 듯한 기분을 느낀다. 함께라면 어떤 고난과 역경도 이겨낼 수 있다는 희망에 든든하다. 이게 바로 우리 민족의 한과 얼이 담긴 아리랑의 힘이 아니겠나. 그래, 가다가 힘들면 잠시 쉬어가더라도 손잡고 끝까지 가다 보면 지금의 고민과 고통을 훌훌 털어버리는 날이 오겠지.

시대와 공간을 뛰어넘어 우리를 웃고 울게 만드는 노래, 아리랑 곡조가 세월의 흐름에 따라 다소 변형될 수는 있을지언정 그 속에 담긴 우리 민족의 정신과 전통은 현대를 사는 우리에게, 또한 미래 세대들에게도 지속적인 공감대를 형성하며 영구히 이어져 나갈 것이다.

노래를 부르면 부를수록, 나이를 먹으면 먹을수록 우리 가락 아리랑이 자랑스럽다.

마음이 아프면 해봐라

말속에 말이 있다고 했던가. 같은 말이라도 듣는 귀에 따라 혹은, 때와 장소에 따라 의도와 전혀 다르게 전달되는 경우가 허다하니 말이다.

이웃 아낙네들이 한 달에 한 번 모이는 친목계로 7~8평 남짓한 식당에 모였다. 식사 중 목소리 큰 아낙네가 빈 접시를 들고 주방을 향해 외쳤다.

"여기요. 꼬추, 꼬추 좀 주세요." 그러자 옆에 앉은 아낙네가 고추 달라는 여인의 옆구리를 쿡쿡 찌르며 "에구, 챙피하게 꼬추가 뭐야. 꼬추가 아니라 고추, 고추!" 하면서 속삭이듯 말하니까 꼬추 달라는 목소리가 한층 더 높아졌다.

"아니, 꼬추 달라는데 챙피하긴 뭐가 챙피해. 여기요. 꼬추,

꼬추 좀 더 주세요."

그녀의 말이 식당으로 퍼지는 순간, 옆자리에 앉은 아가씨가 입에 물었던 음식물을 "푸"하고 내뿜었다. 그러자 마치 신호탄처럼 앞, 옆자리에서 식사하던 손님들의 웃음보가 팍 터져버렸다. 웃는 사람들을 본 꼬추 여인이 고추 접시에서 제일 큰 고추를 집어 들고 흔들면서 "이게 그렇게 좋아요? 아무튼 꼬추라면 모두 사족을 못 쓴다니까."라며 능청스럽게 혀를 끌끌 차자, 거듭 터진 웃음보가 식당 안을 웃음바다로 뒤집어놓고 말았다.

이런 식의 말장난은 우리네 일상생활에서 수시로 발생한다. 몇 해 전 여름, 친구들과 속초 여행을 할 때는 "해 봤니, 해 봤다."라는 싱거운 말 한마디로 온종일 배꼽을 잡고 허리가 휘도록 깔깔거렸던 적도 있다.

전날 밤 인터넷 검색을 하니 아침에 해 볼 수 있는 시간은 5시 23분이란다. 설악동 숙소에서는 4시 40분에 일어나야 준비하고 나가서 해 볼 수 있다고 다섯의 입을 맞춰 놓았건만 눈뜨니 5시, 출발을 서둘렀다. 황금빛으로 무르익은 동쪽 하늘이 저마다 숨겨온 아픈 가슴을 쿵쿵 뛰게 했다. 아무래도 해 보려다

늦겠다고, 오늘 해 보기 글렀다고, 달리는 자동차 안에서 발을 동동 굴렀다.

다행히 시간에 딱 맞춰 도착했다. 밤새 애간장을 태운 듯 속옷마저 활활 녹여버린 새빨간 불덩이가 바다에서 쑥쑥 쑥 올라와 하늘에 턱 붙었다. 잠시 숨이 멎게 하는 절정의 도가니! 다시 일어나 사랑하라는 응원의 메시지로 느껴져서 넋 놓고 한참을 서 있었다.

해를 보고 돌아오는 길이었다. 한 친구가 "해 봤다! 우린 해 봤다!"라고 노래하듯 외쳤다. 그랬더니 창문 옆에 앉은 친구가 하늘로 두둥실 떠오른 해를 보기 위해 고개를 차창 밖으로 쑥 내밀고는 "난 차에서 해 봤다! 뒤로 해 봤다!" 하니까 배꼽을 쥐고 웃던 친구가 이번에는 차 문에다 머리를 쿡 부딪쳤나 보다. 이마를 짚고 "이크 박았다! 쎄게 박았다!"라고 소리쳤다. 그 말이 입에서 채 떨어지기도 전에 이미 친구들 입에 고였던 웃음이 샘솟듯 터지면서 자동차 안 가득 웃음꽃을 활짝 피웠었다.

어찌 보면 그날 우리끼리 깔깔거리며 나눈 말들은 성적인 묘사로 오해할 수도 있다. 그러나 이런 언어의 유희는 이따금

무미건조하고 **빡빡한** 우리 일상생활에 윤활유 같은 역할을 해 준다고나 할까. 패러디의 역설적이고 또한 아이러니하고 코믹한 말들은 듣는 귀와 전하는 입에 따라 본래 뜻과 전혀 다르게 받아들이거나 전달될 수도 있다. 그래도 말이다. 모임에서 항상 점잖은 말과 옳은 소리만 한다면 웃을 일이 뭐 있겠는가.

말장난이 정도를 벗어나면 곤란하겠지만, 더러는 실없는 허풍이 화를 풀어주고 걸쭉한 욕설이 교훈이 될 수가 있다는 걸 웃으면서 배운다. 특히 기분 좋은 빈말 한 마디가 행복한 웃음꽃을 피워내고 분위기를 전환시키는 걸 보면서 원래 뜻과 다르게 웃음을 선사하는 외국어를 잠시 들여다본다.

일본어로 잠깐만 기다려 달라는 뜻의 "좃또마떼 구다사이"란 말이 있는가 하면, 또한 식사했느냐를 묻는 중국어 "니 쓰펄로마"는 우리말로 어감이 비속어처럼 귀에 거슬려서 뜻밖에 웃음을 자아내기도 한다. 이러니 말속에 말이 있다고 말할 수밖에…. 아무튼 이 세상에 존재하는 어떤 말이라도 적재적소에 알맞게 활용하면 삶의 비타민이 된다는 걸 잘 알면서도, 그게 쉽지 않은 나는 말을 재미있게 잘하는 사람들이 그저 부러울 뿐이다.

친목 모임에서 뜬금없는 말로 해묵은 추억을 떠올려 본 수다꽃, 지금 생각해 봐도 우리가 속초 대포항에서 뜨는 해를 보고 해 봤다고 깔깔거린 건 잊지 못할 고운 추억이 되었다. 그 후로 나는 가끔 마음의 상처가 깊은 이웃들에게 마음이 아프면 한번 해 보라고 권한다. 부담 없이 웃을 수 있는 언어유희와 아침에 해 보는 동해안 여행을….

홍련암에서 마음을 씻다

　　찜통더위로 기운이 쭉쭉 빠지는 칠월의 끝자락이다. 삼삼오
오 웃음꽃을 피우며 걸어온 길모퉁이에 '마음을 씻는 물'이라고
인내문이 직힌 샘물을 만나자 반가웠다. 챙이 넓은 모자도 상
렬한 햇빛은 가렸으나, 몇 걸음 족히 걸어온 터라 졸졸 흐르는
맑은 물만 보아도 땀난 머리가 한결 개운해진다.

　　'홍련암 감로수'라는 샘물은 관음보살상 손에 든 호리병에
서 쫄쫄 흘러내리고 있었다. 손잡이가 기다란 바가지로 물이
찰랑찰랑 차도록 받아 마음을 씻고 걸음을 재촉하였다.

　　여신도들의 전용 숙소인 연하당을 돌아 오르는데, 나무로
만든 물고기 두 마리가 처마 끝에 매달려 흔들거린다. 바람 따
라 손 따라 '땡땡 댕그랑 땡땡' 울리는 종소리가 마치 법문을 전
파하는 것 같았다. 길손들은 그 풍경 소리에 귀 기울이는 듯 주

춤하다가 답례로 손을 힘껏 펴 살살 흔들어주고 지나갔다.

기암절벽 끝에 자리한 홍련암에 도착한 나는 신발을 벗고 불전에 들어가 바닥에 엎드렸다. 손바닥만 한 유리 구멍에 눈을 바짝 대고 의상대사가 파랑새를 쫓아 들어가 기도했다는 석굴을 들여다보았다. 암자 밑으로 출렁출렁 들락거리는 검푸른 바닷물이 신비스럽다. 신라의 고승 의상이 그 굴 앞에서 기도하다 붉은 연꽃 위의 관음보살을 친견한 후 세운 암자가 홍련암이고 낙산사의 모태가 되었다고 한다. 불교 신자들 사이에선 2005년 4월 낙산사 범종이 녹아내렸을 정도의 참혹한 양양 화재에도 이곳 홍련암은 불길이 닿지 않아 관세음보살님이 살아 숨 쉬는 영험한 기도 성지로 알려졌다고 한다.

홍련암에서 석굴을 보고 나와 돌난간을 붙잡고 섰다. 잠시 둘러본 주변 풍광에 곧 넋을 빼앗겨 버렸다. 멀리 바라보이는 수평선과 맞닿은 연 회색빛 하늘, 푸른 바다 위에서 한가로이 노니는 고깃배, 구부러진 산길에 알록달록 피어난 인 꽃들, 쉼 없이 밀고 당기다 발생하는 갈등을 바위에 부딪쳐 하얀 거품으로 삭히는 파도, 한 장면 한 장면이 화려한 수채화이자, 소박한 정감이 서린 수묵화였다.

그러나 겉으로 보기엔 한없이 평화로워 보이지만, 암자 밑에서 쉬지 않고 철썩이는 바닷물처럼 저 고요한 정경도 바짝 다가가 들여다보면 생존경쟁으로 한시도 잠잠할 날이 없을 게 분명하다. 바닷속에는 물고기 떼가 쫓고 쫓기고 있을 테고, 한가해 보이는 저 나룻배는 고기잡이하는 어부들이 구슬땀을 흘리고 있을 테지. 초록 산기슭 역시 수많은 생명체가 살아남기 위해 치열한 경쟁을 벌일 테고, 저마다 사연을 지니고 찾아온 방문객들의 염원도 가늠해본다. 각자 등에 짊어지고 온 번뇌를 술술 풀어 내던져서 부서지고 삭히며 하나가 되는 넓은 바다를 바라본다. 우리 마음도 드넓은 바다를 닮아 삶 안에서 접목할 수 있다면야 오죽이나 좋을까. 그 순간, 살랑살랑 불어오는 해풍에 땀난 머리가 말갛게 씻기는 이 상쾌함이란! 바로 이 맛이 동해안 여름 여행의 백미이리라.

홍련암을 돌아 나오는 길에 산 언덕배기서 우리를 내려다보는 낙산사 해수 관음상을 카메라에 담으며 의상대로 올라섰다. 가슴이 탁 트인다. 길손들의 발길이 끊임없이 이어지는 육각형의 해안 정자 의상대! 그의 무릎에 걸터앉은 나는 언젠가 홍련암에서 끄적거렸던 시 한 편을 흔들바람에 태워 넓은 바다로 띄워 보낸다. 맘껏 훨훨 날아다니길 기원하면서.

하늘을 담은 바다

숱한 인연을 거부할 수 없는 운명의 흐름이
어찌 늘 평화롭기만 하였으랴
저마다 다른 만남의 깊이가 일치를 이루려면
왜 부딪치는 내적 갈등이 없었으랴
쌓이는 번뇌를 쉼 없이 깨뜨려온 억만년의 세월
부서지고 삭이다 저토록 푸른 멍이 들었으리
어깨동무하고 넘실넘실 구르는 저 몸짓
하나 되기 위한 거룩한 화관무는 아닐는지
목 타는 가뭄과 무너져 내리는 홍수로 흘린 눈물이
부패를 막는 짠물로 승화한 건 아닐는지
쏴 철썩철썩 쏴아 철썩 철썩
흰 거품으로 사라지는 파도에 가만히 귀를 기울이자
모든 생물의 에너지원이 된 바다
깊어지려면 부서져라
높아지려면 낮아져라
넓어지려면 깨어져라
하늘을 담은 바다가 거듭거듭 외친다
깊고 넓고 높아지고 싶은 인심을 향하여

바람과
바람

누군가에게는 그저 지나가는 바람 같은 말들이 나에게는 소중한 추억이
되고, 또 작은 꿈이 되었습니다.

용기가 필요해

참 오랜만의 만남이었다. 한 동네 살면서도 사는 게 뭔지, 구십 세를 바라보는 사촌 언니에게 안부 전화 한번 제대로 못 드렸다. 세대 차이가 있어서인지 만나도 딱히 할 말은 없다. 언니의 일상이 되어버린 교회 이야기 들어드리는 게 전부건만 동시대를 살아서 그런가, 마주 앉으면 어딘지 모르게 애틋하다. 그런데 이번에는 예전과 달리 나를 만나자마자 기다렸다는 듯이 내 손을 덥석 잡고 울먹이신다.

"얘, 글쎄 내가 엊그제 실수를 했지. 뭐냐!"

"언니가요? 무슨 실수요?"

그랬더니 뜻밖에도 언니 눈에 이슬이 그렁그렁해서 깜짝 놀랐다. 삼 남매 자녀가 객지에 나가 살고 24평 아파트에서 혼자 지내지만, 예배당 신자라서 늘 감사하단 말을 입에 달고 거침

없이 살아온 언니였기에 더더욱 의아했다. 자세히 보니 침울한 목소리는 공기 빠진 튜브처럼 푹석 가라앉았고, 낯빛은 삶은 배 춧잎처럼 기운이 쏙 빠졌다. 빗질 안 간 흰머리와 평상복 매무새도 추레했다.

"글쎄 말이야. 내가 옷에 똥칠을 했지 뭐냐!"

"……"

내 대답을 미처 듣기도 전에 언니는 이야기를 이어가셨다. 엊그제 교회 주일예배에 참석하고 집으로 돌아오는 길이었다. 차에서 내렸는데 아랫배가 사르르 뒤틀리더니 한시가 급해지더란다. 집 앞이라 걸음을 재촉했으나 무릎은 전혀 말을 듣지 않고, 바짓가랑이 붙잡고 주변을 둘러보아도 볼일을 해결할 곳은 보이지 않아 이 악물고 걷는 수밖에 도리가 없었단다. 죽을힘을 다해 아파트 엘리베이터에 올랐는데 거기서 그만 누르고 참았던 괄약근이 터져버렸다. 다행히 동승 한 이웃이 없어서 고약한 실수를 들키지 않고 집 안으로 들어올 수 있었으나, 화장실에 들어가 속옷을 벗어놓고 보니 스스로가 너무나도 한심하더란다.

평소 똥칠할 때까지 산다는 건 끔찍이도 싫었다. 똥칠은 망령이 난 어른만의 일이라고 여겼는데 내가 이렇게 맥없이 당할 줄이야, 근래 병원 문턱이 닳도록 드나들어도 차도를 보이지 않은 몸뚱이가 암담해서 화장실 바닥에 퍼질러 앉아 엉엉 울었다고 한다.

그만 살고 싶다는 언니의 넋두리를 들으면서 연세에 비해 깔끔하고 너그러운 품성을 지닌 언니를 무슨 말로 위로해야 할까 잠시 머리를 굴렸다. 그리고 조심스럽게 입을 열었다.

"언니, 그깟 일로 뭘 그래요. 젊은 사람도 급하면 실수하는데, 앞으로는 어딜 가시던지 화장실 먼저 다녀오세요."

그리고 죽고 사는 건 신의 몫이니 언니가 믿는 하나님께 맡기자고 말했다. 우린 그저 묵묵히 자연현상을 받아들이면 되는 거라고 감히 언니 앞에서 주름을 잡았다. 어린애처럼 가만가만 고개 끄덕이는 기운 없는 언니를 보자 문득 며칠 전 다섯 살 손녀의 실수가 떠올랐다. 놀이에 팔린 손녀가 화장실 앞에서 쉬를 하고 무안한지 으앙 울음을 터트렸다. 나는 얼른 속옷을 벗기며 "괜찮다, 괜찮아. 할머니도 어렸을 때 옷에 쉬한 적 많아."라고 말했더니 이슬 고인 두 눈이 반짝 빛나며 울음을 그쳤다. 잠시 손녀와의 대화를 기억하며 얼른 화제를 바꾸었다.

시골 할아버지가 관광버스에서 갑자기 뒤가 마렵더란다. 운전기사 보고 차 좀 세우라고 엉덩이 잡고 야단법석을 떨어도 고속도로라고 안 세워서 바지에다 쌌다는 얘기였다. 그날 이후 마을 어른들이 대중교통 이용할 때는 미리 기저귀를 찬다든지, 혹은 탄탄한 비닐봉지나 뚜껑이 잘 맞는 페트병을 준비해 간다는 얘기에다 군말 잔말로 덧붙이고 찐하게 포장해서 한참 낄낄거리다 보니 기분전환이 된 듯 언니 낯빛이 밝아져서 일단 한숨 돌렸다.

세월 앞에 장사가 없다는 옛말이 있다. 근래 연세 지긋한 어른들 만나 속내를 터놓다 보면 한결같이 병원 다녀온 하소연이다. 작년 다르고 올해가 다르다면서 한두 가지 약 안 먹으면 정상이 아니라고 서로 격려하고 위로받는다. 그러면서 침침한 시력이나마 매사를 예쁘게 보며 살자고, 이명 들리는 어두운 청력이지만 내 말보다 남의 말에 귀 기울이는 너그럽고 선한 어른이 되자고 다짐한다. 하지만 막상 코앞에 닥치면 행동으로 연결 못 하고 지나간 일 공치사로 생색내고 몰라준다며 서운하게 되니 걱정이란다.

그뿐이 아니다. 입으로는 그만 살아야지 하면서도 삶에 대한 애착은 끝이 없다. 왜 '백 세 인생'이란 노래도 있지 않은가. 개똥밭을 굴러도 저승사자가 데리러 오면 가기 싫어서 요 핑계 조 핑계로 미룬다는 노랫말이….

본향으로 가는 길은 갓난아기처럼 내 맘대로 활동하지 못하고 남의 손에 맡겨져 오직 울고 웃고, 먹고 싸기만 하다가 움켜쥔 것 다 내려놓고 빈손이라야 갈 수 있다고 하니 가슴에서 찬바람이 분다. 쇳덩어리 기계도 오래 쓰면 고장 나는데 그동안 무탈하게 잘 살아왔으니 감사하다며, 이제 저세상에서 데리러 오면 머뭇거림 없이 "예"하고 따라나설 용기를 달라고 밤낮 기도한다는 언니의 바람이 내 바람이 되길 바랄 뿐이다.

개판

1

암만 생각해도 수상한 세상입니다. 벚꽃이 만발한 주말 오후, 어린이 놀이터가 있는 동네공원에서 친구와 만나기로 했지요. 운동기구에 매달려 몸을 흔들며 바라본 텅 빈 놀이터가 허전합니다. 그때 아기를 안은 젊은 부부가 등장해서 반가웠습니다. 우리뿐인 한적한 공원에 다정한 그들이 그림 같더군요. 그런데 가까이 온 걸 보니 신랑 품에 폭 안긴 건 귀여운 아기가 아니라 머리에 리본 꽂고 고운 옷 입은 하얀 강아지였지 뭐예요. 세상에나, 아기를 안아야 할 젊은이가 새끼 강아지를 안고 있다니요. 강아지와 반짝 눈을 맞추자니 볼수록 딱하다는 생각이 들더군요. 그래서 오지랖 넓은 내가 나서서 한 마디 건넸지요.

"강아지가 예쁘네요. 그래도 담에는 강아지 말고 귀여운 아기를 안고 오세요."

그 말을 들은 젊은 남녀가 나를 가자미 눈으로 돌아보는 거예요.

"……"

예, 아니요. 대신 웬 참견이냐는 듯 째려보는 눈초리에 할 말을 잊은 나는 등골이 서늘했어요. 바로 그때 눈치 빠른 친구가 내 옆구리를 쿡쿡 찌르면서 무슨 사연이 있겠지 라며 얼른 가자고 재촉하더군요. 차츰 젊은이들과 거리가 멀어지자 그녀가 들릴 듯 말 듯 전하는 말이 기가 찹니다.

"그런 말 하지 마. 괜히 강아지 애미 애비한테 큰일 나."

"강아지 애미 애비면 개한테 혼난다고?"

"아니, 강아지 안고 있는 젊은이가 개네 엄마 아빠라니까."

"그럼 개 아빠 엄마?"

"그래."

여태 그것도 몰랐냐고 핀잔을 듣는 순간, 나 새댁 시절 옆집 할머니가 마음에 안 드는 젊은이들을 향해 던지시던 찰진 욕 한마디가 귓전에서 뱅뱅 맴을 돕니다.

"배때기가 등짝에 붙어 봐야 정신차릴 놈들….."

한 편의 동영상을 보았습니다. 지극정성으로 환자 어르신을 돌보는 큰 개와 깜찍한 옷을 걸친 강아지가 주인공이더군요. 듬직한 개가 미니 청소기나 걸레를 입에 물고 집 안팎을 구석구석 청소하고, 귀여운 강아지가 잠자는 주인을 시간 맞추어 깨우고 바삐 뛰어다니며 심부름하는 걸 보면서 얼마나 훈련을 잘 받았으면 저렇게 할까? 탄복하기도 하고, 영리한 개가 몸이 불편한 주인을 위해 죽기까지 충성하는 걸 보면서 배신을 모르는 의리에 숙연해지기도 합니다.

나는 그런 개들을 볼 때마다 친정아버지가 생전에 농장에서 기르시던 한 쌍의 개가 떠오릅니다. 족보 있는 개라서 순종을 보존하기 위해 처마 밑에 묶어 놓고 길렀는데요. 단 한 번도 제대로 훈련받은 적이 없건만 부부 금실이 유난했습니다. 먹이를 주면 항상 수놈은 한걸음 뒤에 앉아 눈만 껌벅이다가 암놈이 다 먹고 난 후에 천천히 다가와 먹더군요. 기다리다 먹는 게 암놈을 위한 배려와 사랑이라는 걸 알고 어쩌나 보려고 좋아하는 먹이를 한 그릇에 담아놓거나 양을 줄여도 사정은 매번 똑같아서 수놈의 신사다운 행동에 감동했는데요. 그때 사람 못 된 건 개만도 못하다는 말이 괜히 나온 게 아니라는 걸 확실히 알았습니다.

더구나 말 못 하는 짐승들이 새끼를 제 목숨보다 더 중히 여기는 걸 볼 때마다 모성애는 모든 생물의 공통된 본능이구나! 라고 생각했습니다. 그런데 가끔 부모가 어린아이를 버리고 심지어 학대하고 살해했다는 끔찍한 소식이 날아들 때는 할 말을 잃어버리게 됩니다.

저러다 개가 사람 같고 사람이 개 같은 세상이 되는 건 아닌지…. 노파심이겠지 싶다가도 똥개가 목숨 걸고 제 새끼를 보호하고 지키는 걸 본 날이면 웃어넘길 일만은 아닌 것 같아서 씁쓸해집니다.

3

며칠 전에 카카오톡으로 온 글을 읽었습니다. 이 시대는 할아버지 할머니가 손주들에게 집안 어른으로 대우받기는커녕 강아지만도 못한 6순위라지 뭐예요. 설마 그럴까, 말 만들기 좋아하는 글쟁이들이 지어낸 우스갯소리겠지 무시했는데 정말 그럴지도 모른다는 음습함이 문득 가슴팍을 파고들어서 뒷골이 땅깁니다.

휴일에 유치원생 손녀가 스케치북에 그림을 그립니다. 긴 머리에 캉캉치마 입은 공주를 그렸기에 누구냐고 물었더니 본인이랍니다. 그 옆에 그린 사람은 엄마, 그 옆에 아빠, 그리고 언니를 그려서 가족이 스케치북 한 장을 꽉 채우더군요. 잘 그렸다고 칭찬하고 일어서려다가 손녀 곁으로 바짝 다가앉아 물어보았습니다.

"그럼 할머니는 어디 있어?"

그제야 손녀는 고개를 갸웃거리며 스케치북 귀퉁이에 새끼손가락만 한 사람을 그립니다. 엄지공주냐고 했더니 수줍게 웃으며 할머니라고 합니다. 장난기가 발동한 나는 한마디 더 물어보았지요.

"그럼 할아버지는 어디 계실까?"

내 질문이 떨어지자 마지못해 스케치북 귀퉁이에다 한 사람을 더 그립니다. 할머니보다 더 작게 할아버지를 그려놓고 저도 조금 미안한지 눈치를 살핍니다. 엎드려 절 받기라도 가족 속에 할아버지 할머니까지 그려주었으니 고맙다 하고 일어섰으나 뒤통수가 띵해지는 기분에 당황했습니다. 철부지 동심이 그려놓은 그림 속에서 휴대폰으로 받은 글 내용이 또렷하게 떠올랐기 때문입니다.

요즘 아이들은 1순위가 본인이고, 2순위가 엄마, 3순위가 아빠, 4순위가 형제자매, 5순위가 강아지, 6순위가 할아버지 할머니라지 뭐예요. 설마 강아지만도 못할까 싶었는데 어린 손녀의 그림을 보니 실감 납니다. 만약 아들 집에서 강아지를 키우고 있었다면 가족 그림에 할아버지 할머니보다 강아지를 먼저 그렸을 게 뻔했으니까요.

풍문에 의하면 강아지가 아프면 온 식구가 야단법석을 떨고, 할아버지 할머니가 아픈 건 듣는 동 마는 동이라는 슬픈 얘기가 사실일 수 있다는 생각에 가슴 한구석이 먹먹해집니다. 솔직히 말해서 개는 사람같이 살아도 상관없지만, 사람이 개보다 못해서는 안 되겠지요. 개가 사람보다 더 귀한 대접을 받는 개판이 되는 건 우려스럽지만, 그보다 앞서 사람이 사람답게 살기 위한 길 또한 좀 더 고민해 봐야겠습니다.

덤 받은 날

텃밭에서 돌아온 남편이 작업복을 벗어놓고 외출복으로 갈아입는다.

"어디 가요?"

"병원에 좀 가보려고….''

"병원에? 왜 가는데요."

웬만해선 병원 가기를 마다하는 남편이니 누구 병문안을 가나 했는데 머뭇거리는 행동이 수상쩍었다. 나는 왜 병원엘 가느냐고 재차 물었다. 그랬더니 일주일 전부터 배꼽 밑 가래톳에 혹이 만져진다는 것이다. 어디 보자고 달려들었다. 확인해 본 결과 한 눈으로 보아도 계란 반쪽 딱 잘라 엎은 것 같은 혹이 툭 불거져 있는 게 아닌가. 자라 보고 놀란 가슴 솥뚜껑 보고 놀란다고 했던가. 몇 해 전 급성 췌장염으로 병원 신세를 졌던 남편이었다. 당황했으나 태연한 척하고 빨리 병원에 가보자며 앞서 나섰다. 전혀 통증이 없다는 게 나를 더 불안하게 만들었다.

병원으로 향하는 짧은 시간에 긴 침묵이 흘렀다. 도착한 병원에서 순서를 기다리고 진찰한 의사의 입을 통해 병명을 듣는 순간이었다. 잠깐인데 마른침이 꼴깍 넘어갔다.

"탈장입니다."

탈장이 무슨 병이냐고 물었더니 선천적 개구나 후천적으로 생긴 구멍을 통해 장이 탈출해 생긴 병이라고 의사 선생님이 친절하게 설명해 준다. 그럼 이제 어떡해야 되냐고 물었더니 수술 외엔 치료 방법이 없다고 했다. 어차피 수술할 거라면 빠를수록 좋다고 생각되어 다음 주 월요일 수술일자를 예약해 놓고 집으로 돌아왔다. 하루만 입원하는 수술이라고 해서 한시름 놓았지만 나이 든 몸에 칼을 댄다는 게 께름칙했다.

두 아들한테 비밀로 하라는 남편의 말을 어기고 큰며느리에게 먼저 전화를 걸었다. 망설이다 살짝 병원 다녀온 이야기를 전해주었다. 전화기를 내려놓고 잠시 후, 큰아들한테서 전화가 걸려 오길래 월요일 집 근처 병원에서 수술할 테니 너희는 걱정하지 말라며 안심시켰다.

그러나 이튿날 아침, 우리는 서울행 첫차를 탔다. 다음 주 월요일까지 기다리지 말고 당일 9시까지 서울 모 병원에 도착하면 그날로 수술할 수 있다는 아들 내외의 뜻을 따른 것이다. 꼭 두새벽부터 서두른 덕에 예약한 시간보다 1시간이나 일찍 병원에 도착하였다. 이른 시간대라 우선 접수창구나 알아둔다는 심정으로 병원문을 들어섰는데 개인 병원이라 그런지 발을 들여놓자마자 곧바로 접수가 착착 진행되었다.

"우리 병원은 어떻게 알고 오셨지요?"

면담 중 원장님의 질문이었다.

"아들이 권해서 왔습니다."

"아드님이 효자네요. 잘 오셨습니다."

정말 아들 내외가 고마웠다. 원장실을 나온 남편이 정상적인 절차로 오전에 검사받고 오후에는 수술실로 들어갔으니까.

그 병원은 맹장, 담낭, 탈장 수술 전문병원이었다. 우리나라뿐 아니라 세계에서도 손꼽힐 만한 권위 있는 의사들이 포진된 병원이라는 걸 알게 되니 왠지 모를 든든함에 조렸던 마음을 조금은 내려놓을 수 있었다. 코로나19 예방지침으로 환자 외엔 입원실 출입이 금지였지만, 남편이 고령자라 보호자 한 명이 허락되어 나 역시 입원실에 머물 수 있게 되었다. 보호자가 필요한 고령자라는 말을 듣고 나니 병실에 같이 있을 수 있다는 게 다행이면서도 어딘가 헛헛한 기분이 들었다.

"우리가 고령자라니….""

아직도 잘 믿기지 않는다. 그러나 내 마음과 달리 현실을 받아들이라고 몸이 신호를 보내고 있질 않나. 수술실 앞을 서성이는데 모니터에 뜬 남편 이름 옆에 '대기 중'이던 글자가 '수술 중'으로 바뀌었다. 참 좋은 세상이다. 수술대기, 수술 중, 회복 중이라고 환자의 상태를 실시간으로 중계해 주니 말이다. 나는 눈을 화면에 고정시킨 채 입속으로 가만가만 묵주 알만 굴리고 있었다.

무거운 시간이 지나고 환자가 회복실로 옮겼다는 반가운 글자가 떴다. 화면에서 눈을 뗀 내가 발톱이 아프게 입원실로 돌아왔더니 무통 주사를 비롯한 링거줄을 주렁주렁 매단 침대가 남편을 싣고 내 뒤를 따라 들어왔다. 늦은 회진 시간에 수술이 잘 되었다는 의사 선생님의 찬찬한 설명을 듣고 안도의 한숨을 내쉬었다.

그렇게 병원에 다녀온 후로는 하루하루가 덤 같이 느껴진다. 조반 한술 뜨면 작업복 갈아입고 평소처럼 텃밭으로 나갈 수 있는 남편의 건강상태가 더없이 감사할 따름이다.

종친회

거실에서 아까부터 재촉하는 남편의 음성이 들려온다.

"이번 달 초사흘은 율정리 큰 시제니 웬만하면 참석하게나. 다음 주 일요일은 사창리 시세 알고 있지?"

똑같은 전화 통화가 벌써 몇 번째인지 모르겠다. 하도 딱해서 내가 또 나선다.

"그만 해요. 바쁘면 못 올 수도 있지. 애들도 나이 들면 시제 지내러 다닐 때가 올 테니까 너무 재촉하지 마요."

그러면 이번에는 또 문자로 보내는 눈치다. 미리미리 시제 날짜 비워놓았다가 꼭 참석하라고…. 해마다 가을이면 엿듣지 않아도 귀에 들리고 눈에 보이는 남편의 통화와 문자 내용이다.

사창리 작은 시제 날이면 율정리 큰 종친회 소식 전달하느라 탕국이 다 식어도 모르는데, 듣는 둥 마는 둥인 젊은이들을 등 뒤에서 바라보다 보면 내 젊은 시절을 보는 것 같아 피식 웃음이 난다.

그러니까 우리 아이들이 어릴 때였다. 타지에 살던 우리는 휴가철과 명절 외에도 문중 대소사에는 어떻게든 가평군 적목리행 버스를 타야 했다. 도시 생활로 수돗물이 손에 익은 나는 개울가 우물물과 나뭇가지 지피는 아궁이, 부뚜막 무쇠솥에다 밥 짓고 국 끓이는 부엌이 적응 안 돼 힘들었다. 시댁 식구들과 만남도 서먹한데, 윗동네 아랫동네 웬 조카뻘 되는 일가들은 그리 많은지 인사하고 이름을 들어도 맨 그 얼굴이 그 얼굴 같았다. 지금 돌이켜보면 시자 붙은 조카들이라 건성으로 듣고 보아서 그랬던 것 같다. 눈이 똑바로 안 갔는데 낯이 익을 일이 있겠는가. 그런데도 눈치 없는 큰댁 큰 아주버님은 우리만 가면 만나려고 일부러 내려오셨다.

그때마다 남편을 불러 앉혀 놓고 "제발 너도 이제는 시제 좀 다녀라."라고 강요하셨다. 지금 생각하면 간곡한 부탁이었지만 그때 당시 나에게는 강압적으로만 여겨졌다. 그런 얘기를 들을 때마다 "이 집안 어른들은 시제 지내다 죽은 귀신이 붙었나. 왜 만나기만 하면 맨날 시제, 시제 타령만 하시는 거야."라며 눈살을 찌푸렸다. 객지에서 바쁘게 살다가 어린애 둘 업고 안고 힘들게 찾아온 시대인데, 얼굴도 모르는 조상이 뭐라고 만날 때마다 시제 부담만 주는지 도저히 이해할 수가 없었다. 서운함을 넘어 야속하기조차 했다.

뒤에 알고 보니 큰아주버님은 남편한테만 그러신 게 아니었다. 서울 큰댁 형님들도 나와 똑같은 불만들을 하나둘씩 가지고 있었던 것이다. "시내 사는 우리가 놀면서 사는 줄 아나. 먹고 살기 바쁜데 왜 만나기만 하면 시제 성화만 하시냐!"라며 투덜거렸으니까. 그런데 제사와 가을 시제가 형님과 동서들한테도 모두 부담스러운 일이었다는 걸 알고 나니 공감대를 이루며 조금씩 마음의 문이 열리기 시작했다. 군소리 못 하고 편히 쉬지도 못하는 시댁에서 공통된 뒷담화 주제가 생기고 나니, 그후부터 형님들과 동서들은 만나면 죽이 척척 맞아 그냥 반가웠다.

그렇게 아무도 알아주지 않는 종친회 일을 강조하시던 문중 어른 큰아주버님이 돌아가셨다. 그리고 아주버님이 하시던 일을 퇴직한 남편이 이어받을 줄은 짐작도 못했었다. 처음에는 질겁을 하며 그런 짐보따리를 뭐하러 맡아왔냐고 짜증을 냈는데, 배움의 끈이 짧아 한글도 서툴렀던 아주버님이 남편에게 간곡히 부탁하셨다는 건 나중에야 알게 되었다. 근력이 달리자 종중의 앞날이 염려되어 만나기만 하면 시제, 시제 노래를 하셨던 것이다.

옛날 말에 '종중 땅은 팔아먹은 사람이 임자고 종중 돈은 먼저 먹는 사람이 임자'라는 말이 있다. 하지만 종중 땅 팔아먹고 중종 돈 집어먹은 집은 삼대가 가난을 면치 못한다거나, 후손 중 누군가는 큰 탈이 나는 등의 액운이 들게 되니, 종원들은 반드시 이를 명심하고 또 명심해야 할 것이다.

언젠가 내가 읽었던 종중에 대한 글 중 잊히지 않는 글이 생각난다.

새댁이 시집을 왔는데 친정과 달리 문중이라고 찾아갈 집도 없고 찾아오는 종친이 없어서 이 집안은 원래 일가가 없나보다 했단다. 그랬는데 어느 날 신랑이 사연을 말하더란다.

가난한 부모님이 문중 돈을 빌려 쓰고 갚지 못해서 시제 날은 물론이고 문중 대소사에 일절 참여하지 못한다고…. 그 얘기를 듣고 난 새댁은 우선 집안의 있는 돈 없는 돈 박박 긁어모아 빌린 돈부터 마련해 들고 신랑을 앞세우고 문중 어른들을 찾아갔단다. 무릎 꿇고 앉아 지난날 부모님의 잘잘못을 용서 청하고 원금만 가지고 왔으니 받고 이자는 탕감해 달라고 말씀드렸더니 어른들께서 모두 흡족해하며 반기시더란다. 그 후로 부모님과 신랑이 떳떳하게 문중 행사에 참여하면서 가문이 날로 번성했다는 글을 읽고 새댁의 정직함과 지혜로움에 감명을 받았다.

그날 책장을 덮고 생각해보았다. 나는 어떠했는지를…. 젊은 시절은 신경 쓸 겨를도 없다고 했지만, 사실은 관심도 없었다는 걸 누구보다 잘 아는 내가 퇴직한 남편이 종친회 일 좀 맡았다고 짜증 낸 게 부끄러웠다. 누군가 문중을 위해서 봉사해야 한다면 직장에 매이지 않은 남편이 맡는 게 마땅하다고 생각되었다. 다행히 우리 종중은 조상님들이 마련한 선산과 대지 임대 수입 덕분에, 시제 지내고 벌초해도 종원들에게 금전적 부담이 전혀 없다.

그러나 지금은 시대가 많이 변했다. 옛날과 달리 제사음식 차리는 자체를 종원들이 부담스러워한다. 한편으로는 제상도 손이 많이 가는 제수용만 고집할 게 아니라 과일 한 접시, 술 한 잔이라도 정성스럽게 올리고 조상님의 음덕을 기리며 은혜에 감사하는 데 모임의 초점을 맞추면 어떨까 라는 생각도 든다.

뿔뿔이 흩어져 살던 종원들이 만나서 물보다 진한 핏줄의 정을 느낄 수 있다면 조상님 묘소 앞이면 어떻고, 또 편안한 식당이면 어떤가. 한 뿌리임을 확인하는 종친회도 조석으로 변하는 현시대에 맞게 보완하고 조금씩 개선해 나갔으면 좋겠다.

해마다 빼놓지 않고 시제 참석하던 어르신들이 이번엔 돌아가셨거나 연로하셔서 못 오셨다는 소식을 들을 때면 안타깝다 못해 가슴이 아프다. 이제 남편은 몸 가눌 힘이 남아있는 날까지 조상님들이 물려주신 재산을 보존하고 종친들의 화목과 단합과 번영을 위해 맡겨진 책임을 다할 것이다. 나도 자손들이 종중을 자랑스럽게 여기도록 미약한 힘이나마 보태고, 가문의 어른인 문중의 형님, 아주머니, 할머니로서 소임을 다하리라 다짐해 본다.

더러 철모르는 며느리들이 "이 집안에는 시제 지내다 죽은 귀신이 붙었나. 왜 만나기만 하면 시제, 종친회 타령을 하시나."라며 눈살을 찌푸리고 투덜거려도 개의치 않으리라. 젊은 날에는 나도 그랬으니까. 다 세월이 해결해 주리라 믿고 나 역시 옛 어른들처럼 내가 할 일을 해나갈 것이다.

순간

그날을 기억하면 아직도 등허리에서 진땀이 흐르는 것 같다. 원인은 새하얀 신형 자동차가 우리 집으로 온 지 열흘 만에 참사가 발생했으니까.

17년을 우리와 함께 달려온 자동차의 잦은 병치레로 교체하기로 했으나 나는 새 자동차를 처음 본 날 반가우면서도 왠지 다루기가 쉽지 않겠다는 느낌이 들었다. 낯설었다. 나이가 들면 판단력이나 순발력이 느리고 둔해지는데 버튼식인 신형 자동차는 암만 봐도 신세대와 구세대만큼이나 차이점이 확연히 눈에 뜨였다. 그래서 아들에게 새 차는 네가 가져가고 타던 차를 가져오라고 했더니 돌아온 대답은 단호했다.

"모든 기능이 더 편리한데 차근차근 배워서 다룰 생각을 하서야지. 겁부터 내면 어떡해요."

　부담스럽다는 나를 위해 작동법이 담긴 동영상을 보내주었다. 그리고 일부러 기능 작동법을 가르쳐주러 온 아들 따라 외곽 텅 빈 주차장에 가서 찬찬히 기본적인 기능을 익혔다. 그래, 낯설면 익히면 되지, 배우면 못할 게 뭐 있겠나. 그러면서 "나는 할 수 있다. 나는 할 수 있다."라고 주술처럼 되뇌며 주먹을 불끈 쥐기도 했다. 그렇게 한번 두 번 가까운 거리를 운행하는 횟수가 늘어나자 차츰 새 자동차 멋에 취해 기분이 들떴다.

　그즈음 속초에 볼일이 생겼다. 일찌감치 현관을 나선 우리는 남편이 조수석에 앉고 내가 핸들을 잡았다. 단골 주유소 들러 기름도 먹이고 약속 시간 전에 도착하기 위해 여유 있게 출발했다. 고속도로 양보 차선으로 천천히 달리면서 저절로 콧노래가 흥얼거려졌다.

　무사히 목적지 근처에 도착했다고 안심한 순간이었다. 출발할 때 최종 도착지를 큰 건물인 감리교회로 맞춰놓은 내비게이션만 보고 직진하다 보니 목적지를 막 지나치는 게 아닌가. 당황한 내 발이 급히 브레이크 밟고 좌회전한다는 게 실수로 액셀을 밟았나 보다. 급발진이라고 착각할 만큼 자동차가 대형전봇대 향해 무섭게 돌진한 건 눈 깜빡할 순간이었다. 섬뜩한 굉음과 동시에 운전석 핸들과 발치, 조수석에서 에어백이 펑 터지면서 눈앞이 흐릿해졌다.

"사고 났지요. 운전자나 동승자 다친 데는 없나요?"

머리 위에선 자동 SOS가 혼자 떠들어 댔다.

"112 연결해 드릴까요? 119 연결해 드릴까요?"

나는 얼떨결에 자동차 밖으로 튀어 나갔다. 아픈 데가 없는 나와 달리 포탄 맞은 것처럼 부서진 자동차 머리를 보자 어이없고 가엾어서 코끝이 찡했다. 남편이 다친데 없냐고 묻길래 괜찮다고 했더니 자기도 괜찮다며 한숨을 내쉰다. 미안한 나는 자동차 앞뒤로 빠르게 한 바퀴 돌면서 사진을 찍었다. 그리고 운전석으로 머리를 들이밀고 떨리는 목소리로 외쳤다.

"네. 사고 났어요. 사람은 안 다쳤어요. 그래도 112에 신고해 주세요."

가입한 보험사를 알려 달라는데 보험사는 커녕 아들 전화번호조차 깜깜했다. 얼이 빠진 것이다. 멀뚱멀뚱한 내 옆에서 010- 하며 대신 아들의 연락처를 불러주는 남편의 목소리를 듣고 정신이 번쩍 들었다.

곧이어 긴급 출동한 순찰차가 도착하고 두 명의 경찰관이 내렸다. 먼저 음주 측정하고 운전면허증과 신분증 확인하는 중, 숨 쉬는데 왼쪽 가슴팍이 불편했다. 얼른 왼팔뚝 옷을 걷어보았더니 손바닥만큼 빨갛게 부풀어 올랐다. 동승한 남편 역시 한 손은 목덜미를, 한 손은 허리춤을 짚고 참혹하게 부서진 자동차를 넋 나간 표정으로 바라보고 있었다. 그런 우리를 본 경찰관이 119 구급차를 불러주었다. 아들은 물론 보험회사 직원과 연락이 닿았으니 자동차 걱정하지 말고 어서 병원으로 가고 재촉하면서…. 우리는 경찰관에게 모든 뒷수습을 맡기고 구급차에 몸을 실었다. 속초 보광병원 응급실까지 동행해 서류작성 및 접수를 도와주는 119 대원을 보고 우리나라가 참 좋은 나라라는 걸 느끼며 감사했다.

병원에서 X레이와 CT 촬영 검사 결과 두 사람 다 뼈에 이상이 없다는 설명을 듣고 나는 감사하단 말만 되풀이했다. 거주지가 춘천이라는 걸 알게 된 의사는 교통사고는 자고 나면 더 아플 수 있으니, 아프거든 근처 병원으로 가라는 당부와 함께 하루치 약 처방을 내주었다. 춘천행 버스에 오르자 말이 없는 남편에게 미안했으나, 자는 척 눈을 감고 둥당거리는 가슴만 손으로 쓸어내렸다.

작동 기능이 낯선 새 자동차는 초보 시절처럼 조심조심 다뤄야 했거늘 쉽게 긴장의 끈을 풀어놓았던 게 사고의 원인이었다. 충돌 대상이 미친 듯 달려든 자동차를 한 방에 부서뜨리고도 끄떡없는 전봇대였으니 천만다행이지, 만약 걸어가는 행인이었거나 달리는 차량이었다면… 생각만 해도 어질어질 멀미가 나는 것 같았다.

평소 내가 노래처럼 하는 말이 있었다. 살아오면서 가장 잘한 일을 꼽으라면 운전이라고 우쭐거렸다. 그런데 한순간 대형 사태로 번질 뻔한 어처구니없는 사고를 겪고 나서, 배 위에 두 손을 얹기 전까지 자랑할 수 없고, 자랑해서도 안 되는 게 운전이란 걸 절절히 깨달았다.

충격으로 몸뚱이에 든 어혈을 풀기 위해 이튿날부터 남편과 같이 바로 집 옆에 있는 춘천 한섬한의원 물리치료실을 내 안방 드나들 듯 들락거리면서, 주인을 잘못 만나 출고 열흘 만에 대수술을 받아야 하는 새 자동차 역시 후유증 없이 건강하게 돌아와 우리 남은 인생길을 안전하게 동행해 주기를 기도드렸다. 한 달이 훌쩍 지나고 원상 복구된 자동차 핸들을 잡으면서 겸허히 받아들인다. 순간의 실수가 준 엄중한 교훈을.

꼰대라떼

저마다 본성을 감추었던 나뭇잎들이 본색을 드러내는 화창한 가을이다. 한층 높아진 하늘을 비행하는 고추잠자리들이 역마살을 부추기고, 봄여름 동안 있는 듯 없는 듯 살아온 구절초 산국이 때를 만난 듯 고운 얼굴로 방글거리는 오후였다.

친구나 만나볼까 휴대폰을 들고 만지작거리는데 남부노인복지관에서 정기적으로 발송하는 문자메시지가 떴다. 지난해 가을 캘리그라피를 한 학기 수강했는데 전화번호가 입력되어 새 프로그램을 개설할 때마다 뜨는 메시지가 반갑다. 평소 습관대로 문자를 읽어보던 중 큰 글씨 '독토는 재밌당'이 내 눈길을 확 끌었다. 옆에 붙은 뜻풀이 '독서 토론회는 재미있다'를 요약한 단어라는 발랄함에 홀려 토끼 귀가 되었다.

친구에게 전화를 걸어 같이 가보자고 권했더니 노인 복지관
이라는 말을 듣고 어째 대답이 시큰둥하다. 수강 날이 다른 일
정과 겹쳐서 못가겠다고 둘러대지만, 금세 핑계라는 걸 눈치챌
수 있었다. 이유인즉 노인 복지관은 아직, 아직은 가기 싫다는
것이다. 거긴 앞으로 얼마나 많이 드나들 텐데 미리 찾아가서
노인 취급받을 게 뭐 있냐며 외려 나를 다른 배움터로 안내하는
게 아닌가. 통화를 끝내고 곰곰이 되짚어 보았다. 아직은 아니
라고 거부해서 돌아갈 수 있는 청춘이 아니라면, 남보다 한 걸
음 앞서 노인 복지관에 가서 미리 길 익혀두는 것도 괜찮을 것
같았다.

우선 복지관에 전화를 걸었다. 곧 '독토는 재밌당' 프로그램
담당자에게 수강 신청하고 일정에 맞춰 참가하였다. 개강 첫날
수강생들을 만나보니 내 또래들이라 강의실 분위기가 편안하
고 좋았다. 추천 도서를 읽고 서로 소감과 의견을 교환하는 시
간 끄트머리에 진행자가 농담 삼아 툭 던진 질문이었다.

"요즘 젊은이들이 즐겨 사용하는 단어 중 '꼰대라떼'가 있는
데 그 뜻을 아시는 분 계세요?"

"노인들이 좋아하는 커피나 음료요!"

누군가 대답하니 아주 정확하게 틀렸단다. 나 외에 다른 수

강생들의 대답도 정답과는 거리가 멀었다. 알고 본 즉 꼰대라 떼는 툭하면 '나 때는 안 그랬는데,' 혹은 '우리 때는 이랬는데, 저랬는데.'라고 말하는 노인들을 비하하는 용어로서, 본인의 한 창때를 말끝마다 들먹이는 표현을 고깝게 받아들이는 젊은이 들이 붙여준 신종언어라고 했다. 듣고 보니 나 역시 꼰대라떼 대열에 들어 있었다는 걸 알 수 있었다. 대화 도중 무심코 '나 때, 우리 때'라는 단어를 자주 들먹였으니 말이다.

또한, 나 때 외에도 "제까짓 게 뭘 알겠어. 요즘 애들은 예의 가 없어."라며 젊은이들을 무시해 버리거나 어른 대접 받으려 는 행동 역시 꼰대라떼라고 했다. 그럼 꼰대를 벗어나려면 어 떻게 하면 좋을까. 이미 지나간 나 때보다 남은 때를 소중히 여 기고 마음을 열어라, 젊은이들 앞에서 나이가 많다고 주눅 들어 도 안 되겠지만 요즘 애들은 뭘 모른다며 무시하거나 학교교육, 가정교육이 잘못되었다고 훈수 두려고 하지 마라, 훈계는 물론 이고 내가 너를 어떻게 키웠는데 네가 어떻게 나한테 이러냐면 서 보상을 기대하거나 어른 대우받겠다는 태도도 버려라 등등 대강 이런 내용이었다. 얼핏 들으면 보고도 못 본 척, 알아도 모 른 척하라는 뜻으로 비칠 수도 있겠으나, 진정한 의미는 젊은 세대가 올곧게 걸어가야 할 길을 안내해 줄 수 있는, 노인이 아닌 어르신으로 거듭나도록 스스로를 돌아봐야 한다는 말일 것이다.

그런 시설이 내 집 근거리에 있다는 걸 고마워하며 집으로 돌아오는 길, 버스 정류장에서 이웃사촌을 만났다. 노인 복지관을 다녀오는 길이라고 했더니 거기서 뭘 배우냐고 묻는다. 그래서 오늘 배웠던 꼰대라떼에 대한 얘기를 들려주고 있는데, 옆에서 팔십 대 중반으로 보이는 할머니가 말 사이로 끼어들었다. 우리 나이를 묻고는 웃으며 하신 말씀이다.

"좋은 때구먼, 좋은 때야. 아직 한창때구먼."

좋은 때, 한창 때라는 덕담으로 서먹함이 일시에 풀렸다.

"네, 감사합니다. 어르신도 오래오래 건강하시고 행복하세요."

제법 속도감이 붙은 나이라서 그럴까, 초면이건만 금방 대화가 통하는 걸 느낀 우리는 정류장 빈 의자에 나란히 앉았다. 버스를 기다리며 몇 마디 더 주고받는 사이 주름진 얼굴에 구절초 같은 미소가 활짝 피었다. 그 때, 이 때, 저 때 하며 펼쳐놓는 경험담들… 나 때 너 때를 탈피하고 싶은 건 마음뿐이었지, 아무리 아직은 싫다고 손사래 쳐도 우린 어쩔 수 없는 꼰대라떼들이 분명했다.

아직은 싫어

할머니
마트 사장님이 부른 호칭
난 아직 아직은 싫어

퇴행성 노화라는
검진 결과에
아니 아니야 아직은 싫어

손사래 치는
아줌마와 할머니 사이
그럼 할줌마라고 불러드릴까요

벽과 턱

　강원수필문학회 총회를 마치고 국립 춘천박물관 강당을 나서는 길이었다. 행사 내내 마스크 쓰고 멀찍멀찍 앉았던 문우들과 서로 안부를 주고받으며 희희낙락이다. 책 보따리가 버거운 우리는 주차장으로 가기 위해 계단이 아닌 어린이 박물관 엘리베이터를 이용하기로 했다.

　거리 두기에도 웃음꽃, 수다 꽃을 피우며 신축건물인 어린이 박물관 쪽을 향해 걸음을 재촉하고 있었다. 그때 확 바뀐 박물관 풍경을 두리번거리던 나는 유리 벽에 머리를 꽝 부딪쳤다. 투명 유리로 된 벽면을 출입문으로 착각한 실수였다. 물질적인 피해는 왼쪽 안경다리가 휘는 정도에서 그쳤으나, 누군가에게 귀때기를 한방 얻어맞은 기분이었다. 얼떨결에 손으로 머리를 움켜쥔 나를 보고 다가온 문우들이 다친 데 없냐고 묻는데, 오히려 그런 관심조차 부끄럽고 머쓱했다. 머리통의 욱신

거림을 감추고 태연한 척 시치미를 떼었다.

"아유, 하마터면 큰일 날 뻔했어요. 그만하기 다행이네요."

"내 친구는 유리창에 부딪히고 코뼈가 깨져서 수술까지 했대요."

문우들이 번갈아 가며 걱정과 위로의 말을 건네주었다. 주차장에서 그들과 헤어진 뒤 집으로 돌아오는 길, 동네 안경점에 들렀다. 단순히 안경다리만 휘어진 줄 알았는데 그게 아니었다. 왼쪽 테두리 안경알에 실금이 가고 테가 많이 돌아갔으니, 새로 바꾸든지 불편해도 조심해서 사용하라는 주의사항을 들었다. 안경을 받아 쓰고 터덜터덜 집으로 들어왔다. 그리고 거울 앞에 서서 주먹으로 머리를 쥐어박았다.

"이런 새대가리 같으니라고."

한심해하며 머리를 쥐어박다 보니 저절로 헛웃음이 나온다.

이렇듯 벽에 부딪히고 턱에 걸려 넘어지는 내가 생각할수록 어이가 없다. 맥없이 헛웃음이 나온 건 지난가을 전원주택인 사돈댁 창문 밑에서 죽은 참새를 발견하고 둘이 나눈 대화가 떠올라서였다.

"가끔 이렇게 참새가 유리창에 부딪혀서 죽네요. 창문 밖에서 쾅 소리가 나서 달려가 보면 멀쩡한 새가 날아와 유리 창문에 부딪히고 머리가 깨져 죽어있지 뭐예요."

"이렇게 죽은 거 보니 좀 안타깝기는 한데, 어수룩한 사람보고 왜 새대가리라고 놀리는지 그 이유는 확실히 알 것 같네요."

죽은 새를 치우던 사돈댁과 이런저런 얘기를 나누다 보니 고속도로변에 설치된 방음벽이 눈에 아른거렸다. 투명방음벽 역시 크고 작은 새들이 유리 벽인 줄 모르고 날아가다 부딪혀 죽어간다고 들었기 때문이었다. 그래서 새들이 사고를 당하지 않도록 사나운 매나 독수리 등의 그림을 그려서 듬성듬성 유리 방음벽에 붙여놓는다고 했다. 커다란 새 그림을 본 작은 새들이 방음벽 근처로 얼씬거리지 못하게 해서 새대가리를 보호한다는 말을 듣고 웃었는데, 내가 바로 그 새대가리라니 허탈한 웃음이 나올 수밖에….

그러고 보니 나를 넘어뜨리는 건 절대로 큰 산이나 바위가 아니다. 늘 하찮게 여긴 돌멩이나 발밑에 납작 엎드린 턱이라서 더 어이가 없다. 예전에는 벽이면 벽, 문이면 문, 계단과 계단 사이의 선이 뚜렷했는데, 요즘은 빌딩마다 외벽을 유리로 장식하고 계단이 대리석이다 보니 문인지 벽인지 평면인지 턱인지 구분이 잘 안 되는 경우가 허다하다. 오죽하면 '넘어지지 않는 게 건강 지키는 길이다.'라는 속언까지 생겨났을까. 정신을 똑바로 차리지 않으면 투명 유리에 비치는 허상에 현혹되어 부딪히거나, 낮은 턱을 평지로 착각해 헛발 딛기가 십상이다. 까딱하면 새처럼 허망하게 죽을 수도 있겠구나 생각하니 가슴에서 섬뜩한 바람이 분다.

살아가면서 부딪히고 걸려 넘어지는 사고가 어디 하나둘인가. 내가 박물관 유리창에 부딪힌 사건만 해도 그렇다. 오랜만에 만난 문우들이 반가워서 붕 떴다가 출입문인지 유리 벽인지 구분 못 하고 머리부터 들이민 탓이었다. 낙상이나 실족의 내막을 가만히 들여다보면 산만하거나 방심해서 충돌하는 참사가 대부분이다. 부서진 사물이야 수리하거나 교체하면 된다지만, 다친 몸은 돈 들여 고생하고도 후유증이 남아 본인은 물론이고 가족들까지 고통 속으로 몰아넣는다.

그렇기에 각자가 좀 더 세심한 주의를 기울여야겠으나, 세상에는 나처럼 어리숙해서 보호가 필요한 머리, 즉 새대가리들도 있을 것이다. 스스로 사고를 방지할 수 있는 능력이 부족한 그들이 발을 헛디디지 않도록 계단 턱에는 눈에 확 뜨이게 선명한 색깔의 줄을 붙이거나, 유리 벽에는 착시현상을 일으키지 않게 그림이나 사진을 붙여놓는 등의 배려도 필요할 것 같다.

나는 아깝다는 생각을 버리고 우선 안경부터 새 걸로 바꿨다. 새로 맞춰 쓴 안경 너머로 선명한 세상을 바라보니, 답답하고 우울했던 기분이 환기되는 듯 맑아져 보인다. 2월 햇살 받은 새봄이 성큼성큼 다가오고 있음을 느낀다.

짬짬이 해요

1

교통사고 후유증이라네요. 자리에서 일어나는데 갑자기 담(늑골)이 결리지 뭐예요.

한 손으로 가슴을 움켜쥐고 우거지상인 나를 본 남편은 불안한지 빨리 병원에 가보라고 성화였어요. 그러나 몸은 본인이 가장 잘 알잖아요. 살살 일어나 느리게 움직이니 꽤 견딜만해서 신발장에서 발이 편한 운동화를 꺼내 신고 한 길로 나섰지요. 잠시 어디로 갈까 망설이다가 맑은 물 흐르는 약사천*을 걷기로 했어요. 첫날은 근래 열린 시화전을 돌아본 후, 물오리 가족이 노니는 물길을 거슬러 올라가고, 다음 날은 물길 따라 내려갔어요. 그렇게 며칠 동안 짬짬이 약사천 길을 걸었습니다.

가볍게 걷지요
눈코 막혀 숨도 못 쉬고
속 썩다 살아난 약사천 따라
삶이 버거울 때
허전한 빈손일 때
쉬엄쉬엄 걷지요

다 죽다 살아온 약사천 따라
사랑 꽃 바람꽃 피우려
흥얼흥얼 걷지요

새 꿈을 꾸는 약사천 따라

　　노래하며 걷기뿐 아니라, 자리에서 일어나면 체면이고 뭐고
다 집어던진 채 돌잡이 아기들의 놀이인 죔죔, 짝짜꿍, 도리도
리를 하고요. 팔 돌리기, 발치기 등 국민체조도 하나둘, 하나둘
세어가면서 정말 열심히 했지요. 그렇게 시도 때도 모르고 몸
을 흔들어댔더니 한 일주일쯤 지났을까, 결리던 담이 스을슬 사
라져 버렸습니다. 언제 또 나타날지 모르지만 여태까지 무탈하
게 살고 있으니 이쯤 되면 맨손체조로 담을 쫓았다고 자랑해도

괜찮겠지요.

흔히 말하기를 건강 지키기에 산행이 최고라지만, 힘에 부친 무리한 산행보다는 시적시적 걷기와 꾸준한 맨손체조가 더 효과적일 때도 있는 것 같습니다.

근래 물풀과 물오리가 노니는 맑은 개울은 메마른 감성을 촉촉하게 적셔주기에 충분합니다. 자투리 시간을 이용해 짬짬이 운동할 수 있는 산책로가 집 근처에 널렸다는 건 커다란 행운이라고 자랑하면서, 담쟁이 넝쿨이 풋풋하게 뒤덮인 옹벽 아래로 맨손을 허위허위 저으며 걸어갑니다.

약사천 : 천정을 덮었던 콘크리트 구조물을 30년 만에 걷어낸 생태하천

2

내 다리에는 눈에 보이지 않은 유령 쥐가 살고 있어요. 한 마리가 아닌 어미와 새끼 쥐가 같이 사는 것 같아 늘 불안불안합니다. 이놈들이 한밤중에 곤히 잠든 종아리 타고 놀다가 실핏줄을 툭툭 건들라치면 이불속에서 한참 쩔쩔매는데요. 그때마다 뻣뻣하게 굳은 발가락을 죽고 살기로 꼬부렸다 폈다 하며 못된 쥐 쫓기에 진땀을 빼야 합니다. 어느 날입니다. 혼자 궁리하던 끝에 종아리에 빌붙어 사는 쥐를 아예 몸 밖으로 쫓아내는 운동을 시작했습니다.

어떻게 하냐고요. 발을 방바닥에 딱 붙이고 서서 뒤꿈치만 들었다 놨다 하며 두 팔을 앞뒤 좌우로 힘차게 흔드는 쉬운 동작입니다. 느긋하게 음악을 찾아놓고 춤추듯 흔들 때도 있지만 음악마저 귀찮을 때는 그냥 입으로 가벼운 노래를 부르거나, 하나, 둘, 셋… 숫자를 세면서 열 손가락을 구부렸다 펴기를 반복합니다.

처음 시작할 때는 1부터 100까지 세었는데요. 지금은 한 번에 1~10까지 10번을 반복합니다. 그렇게 두 번 하면 200번, 세 번 하면 300번, 그러면 똑같은 숫자를 세건만 신기하게도 힘이 덜 들고 지루하지 않습니다.

주방에서 가스 불에 음식 올려놓고 끓기를 기다리는 동안 식탁 의자에 앉아 두 발을 부딪치기도 하고, 누구를 기다리는 시간에도 제자리 서서 가볍게 발뒤꿈치를 들었다 놓기를 반복합니다. 굳이 공간이 필요하거나 일부러 시간을 할애하지 않아도 편하고 즐겁게 할 수 있는 쥐잡기가 바로 발치기와 발뒤꿈치 들기입니다.

종아리에 딱 붙어서 밤낮 혈관 타고 다니며 툭툭 건드리는 밉살스러운 쉬를 다스리기엔 쉬약보다 부작용 없는 발치기와 발뒤꿈치 들기 운동이 최고라고 엄지를 들어봅니다. 밑져봐야 본전이니 당장 머문 제자리에서 일어나 시도해 보세요.

하나 둘 셋… 열.

하나 둘 셋… 열.

행복의 열쇠

라이터를 손에 들고 밀초에 불을 붙인다. 촛불을 밝힌 건 기도하기 위함이다. 가끔은 주방의 음식 냄새를 없애기 위해 향초를 켜놓기도 하고, 식구 생일날 축하 케이크에 삭은 촛불들을 밝히기도 한다. 아무튼, 지금 불을 붙인 초는 신자 된 의무로 고이 모셔둔 밀초다. 십자가 아래에서 불덩이를 머리에 이고 눈물로 자신을 태우는 밀초를 바라보며 묵주 알을 굴린다.

소싯적에는 보름달을 보거나 혹은 큰 나무나 바위 앞을 지날 때면 소원을 말하며 빌었다. 내가 아이를 출산했을 때 국밥 세 그릇 소반에 떠놓고 시어머니가 시키는 대로 삼신할머께 절을 올린 뒤로는 친정 할머니처럼 산에 가면 산신령, 물가에 가면 용왕, 집에서는 장독대, 밭고랑 신에게도 굽실거리며 복을 달라고 빌었다. 이사할 때는 달력에서 손 없는 날로만 골라잡아 부자 되라고 친정 할머니가 구해다 주신 '소 코뚜레'와 '양은 솥'을 먼저 앞세우고 셋방으로 들어갔다.

그 무렵 친정어머니가 자궁암 진단을 받았다. 병원에서 퇴원 후 무당집에서 귀신 쫓는 굿을 한 적도 있었다. 어쨌든 평생 우리 곁에 계실 줄 알았던 어머니가 병상에 눕고 불과 두 달 만에 흙으로 돌아가시는 걸 지켜본 후로는 삶이라는 게 무섭고 두려워졌다.

불안에 떨던 나는 내 발로 교회를 찾아갔다. 세례받고 공포증은 웬만큼 사라졌으나, 대신 복을 비는 버릇은 한층 심해졌다. 교리 수녀님께 묵주기도도 배웠겠다, 틈만 나면 일삼아 십자가 앞에 앉아서 청원 보따리를 풀어놓았다. 하고자 하면 못할 게 없는 전지전능한 창조주니 '남편이 승진할 수 있게 해 주세요.', '애들이 공부 잘하게 도와주세요.' 등 세속적인 욕망을 이뤄 달라고 빌었다. 눈에 다래끼가 나도, 발가락에 무좀이 생겨도, 아이들이 기침만 해도 속히 치유해 달라고 빌고 빌었다. 그렇게 복 받기 위해 조석으로 성당 언덕을 오르내렸더니 참 신자로 보였나 보다. 교회 어른들의 권유로 가톨릭 봉사단체에 가입하고, 미사참례 횟수가 점차 늘어나면서 감사할 줄 모르는 신앙은 기복신앙이라는 걸 서서히 깨달아가기 시작했다.

무더위가 시작하던 어느 날, 봄 가뭄에 텃밭 작물들이 축축 늘어진 걸 보고 미사 시간 내내 소나기 한 차례만 쏟아지게 해달라고 기도했다. 그런데 미사 끝나고 성당 언덕을 함께 걸어 내려오던 교우는 나와 반대로 제발 비가 오지 않게 해달라고 기도했다는 말을 들었다. 지금 건물을 신축 중인데 오늘부터 옥상 콘크리트 작업을 하는 날이란다. 그 얘기를 듣자마자 순간 머릿속이 하얘졌다. 아, 내 바람이 모두의 바람이 아닐 텐데, 나만의 요구가 충족될 때는 또 다른 누군가가 불행해질 수도 있겠구나.

그날 이후로 기도 지향을 바꾸기로 했다. 옛말에 바다는 메울 수 있어도 사람의 욕심은 채울 수 없다고 하질 않던가. 매일 해달라고 도와 달라고 징징거리기보다 감사기도를 더 많이 올리기로 다짐했다. 일 년 365일 하늘이 주신 날이 아닌가. 이사하는 날과 크고 작은 집안 행사도 손 없는 날 대신 가족이 모이기 쉬운 주말을 이용하면서, 비가 오면 낭만적이라서 좋고 바람 불면 시원해서 좋다며 빈말이라도 긍정적인 말로 바꾸기로 했다. 설거지하면서, 청소하면서, 길 가면서 "두 발로 걸어 다니고 숨 쉴 수 있어서 감사합니다. 가족을 주셔서 고맙습니다. 사랑

할 수 있으니 행복합니다."라고 감사와 사랑과 행복이란 단어
를 주문처럼 되뇌었다.

　그 덕분일까. 이웃에 사는 아기 엄마에게 뜻밖의 말을 들었
다. 나를 보고 어쩜 그렇게 팔자가 좋아 보이냐는 물음이었다.
그녀는 우리 집이 항상 편안해 보여서 부럽다고 했다. 소탈한
우리 부부와 두 아들네가 무탈하니까 사철 꽃피는 봄으로 보였
나 보다. 그래서 웃으며 대답했다.

　"예 맞아요. 밥 굶지 않고 등 따시니까 좋은 팔자가 맞네요."

　여하간, 예쁘게 봐줘서 고맙다고 농담 삼아 한마디 남기고
걸어오며 생각에 잠겼다. 솔직히 말해 흉허물과 감추고 싶은
아픈 상처하나 없는 집이 어디 있겠나! 남에게 보이기 싫은 약
점과 흉터는 누구나 끌어안고 사는걸, 그렇지만 나는 억지로라
도 좋은 생각만 하고 버리는 말, 괜한 말이라도 하얀 말, 예쁜
말만 하며 살기로 했다. 생각이 말이 되고 말이 씨가 된다고 하
질 않나. 탁 까놓고 서럽고 아픈 날들 되짚어가며 조상 탓하고
팔자 타령해봤자 다 부질없는 한풀이라는 걸 어렴풋이나마 알
게 된 나는 이제 촛불 앞에 앉으면 부족한 약점을 디딤돌로 삼
아 편견과 차별을 뛰어 넘어설 수 있는 지혜만 청하기로 했다.
쉽지 않겠지만 한발 더 나아가 알게 모르게 내 입으로 아프게

한 사람과, 또한 나를 아프게 한 사람마저 축복하고, 참회와 속죄하고 감사기도를 올리기로 했다.

야무진 내 각오와 달리 좋은 말 실천은 늘 어렵다. 이웃들과 만나면 농담 반 진담 반으로 "우리 이렇게 살다가 입과 귀만 천국 가는 건 아닐까?"라며 우려하기도 한다. 게다가 무슨 조화인지 손에 묵주만 들었다 하면, 성찰이나 속죄가 아닌 뭘 먹을까, 어떤 걸 입을까, 온갖 잡념으로 헛바퀴 돌리기가 십중팔구다. 그래도 다시 무릎을 꼿꼿이 세우고 정신을 가다듬는다. 입술로나마 갈등과 서운함은 물론이고 기쁨과 한숨까지 한 소쿠리 담아 감사의 노래를 부른다. 그러면 눈에 보이지 않아도 내 안에 달콤하고 포근한 기운이 강물처럼 흐른다. 사랑과 행복의 열쇠는 바로 감사하는 마음에 담겨 있는 게 틀림이 없다.

내 인생은 이제부터다

무심코 흰 종이에 나이를 써놓고 보니 마음이 무겁다. 어느새 이렇게 먹었을까, 암만 들여다봐도 믿기지 않는다. 보통 정신적인 나이는 실제보다 훨씬 아래 머물러 있다는 말이 틀리지 않은 것 같다. 아직도 마음은 청춘인 걸 보면 말이다.

성당에서 오랜만에 만난 또래 교우가 나보고 올해 몇 살이냐고 묻는다. 뜬금없는 질문에 대답할까 말까 잠시 망설였으나 밝은 목소리로 시원하게 대답해주었다. 그랬더니 어느새 우리가 이렇게 많이 주워 먹었냐며 허망한 표정을 짓는다. 그 흐린 미소를 보며 무심코 한 내 대답이었다.

"그러게요. 이제 똥차가 다 됐지요. 뭐."

웃자고 던진 말이 떨어지기 무섭다. 나보다 두 살 연배라는 그녀가 내 곁으로 바짝 다가와 속삭이는 말이 걸작이었다.

"그대가 똥차면 난 그럼 폐차가 되나."

우린 '똥차, 폐차'하며 마주 보고 한참을 키득거렸다.

이번 만이 아니다. 지난해 가을에는 문예반 수업 도중 갑자기 나이 얘기가 등장했고 자연스럽게 몇 년생이냐는 질문이 내 앞에 던져졌다. 문득 언젠가 '단풍에서 낙엽으로'라는 죽림동성당에서 본 현수막 글귀가 떠올랐다. 새파란 수강생들 틈에 연장자인 게 부끄럽고 미안해서 딴에는 문학적 표현이라고 잔머리 굴려서 대답하였다.

"낙엽이 다 되었지요."

그랬더니 나보다 연세가 더 높은 작가님의 대답 또한 걸작이셨다.

"그럼 뭐, 난 퇴비가 되나."

그 한 마디에 진지했던 강의실이 웃음바다가 된 적이 있었다. 그러나 그날 나는 웃어른들 앞에서는 농담도 진담도 가려서 해야 한다는 사실을 또 깨달았다.

무거운 나이 숫자에 눌려 마음이 심란한데 휴대폰까지 저장 공간이 부족하다는 주의 문자가 수시로 뜬다. 하는 수 없이 용량을 확보하기 위한 작업을 시작하였다. 사진과 동영상으로 가득 찬 문자와 카카오톡을 하나하나 열어서 확인하고 삭제하다 보니 시간이 꽤 걸린다. 그중에는 차마 버릴 수 없는 아까운 문자들도 있었다. 언젠가 우편으로 보내드린 내 수필집『그리고 더 그리다』를 읽고 정 선배님이 보내온 글 등이다. 다시 저장해 놓고 되새김질하는데 가슴이 뛴다. 곱씹을수록 희망과 용기가 샘솟는 고마운 문자 응원이었다.

'그리고 더 그리다 잘 받고 잘 봤어요. -생략- 특히 무스탕과 안경은 압권이었어요. 더욱 정진해서 수필과 시 분야에서 미국의 모지스 할머니와 같이 한국 국민으로부터 칭송과 존경을 받는 작가가 되기를 소망해 봅니다. 언제 식사나 같이해요.'

고운 정이 담긴 문자를 받은 그 날 내내 가슴이 콩닥거렸다. 곧바로 컴퓨터 앞에 앉아 인터넷을 검색하고 모지스 할머니를 찾아서 읽어보았다.

미국인 화가 모지스 할머니는 작은 농장의 농부 아내로 자녀를 10명이나 출산한 평범한 가정주부였다. 어린 시절부터 그림 그리기를 좋아했으나 꿈을 접어야 했던 그녀는 농장에서 거둔 딸기나 포도즙 등으로 색을 내고 색칠하는 걸 즐겼다. 그러다 남편과 사별하고 자녀를 다섯 명이나 앞서 세상을 떠나보내

는 불운을 겪으며 슬픔과 외로움을 달래기 위해 수를 놓았다는
데, 관절염으로 바늘을 들지 못하게 되자 낙심한 할머니를 본
동생이 그림을 그려보라고 권했다. 우여곡절 끝에 72세에 그림
그리기 시작한 할머니는 온 국민의 사랑을 받는 유명한 화가가
되었다고 한다.

　모지스 할머니의 파란만장한 삶을 읽고 나니 가슴이 뭉클하
다. 하찮은 나를 그토록 훌륭한 어른을 비유로 들어가며 응원
해 주시다니 만감이 교차하였다.

　컴퓨터 화면에 뜬 모지스 할머니의 그림을 찬찬히 들여다보
았다. 그림을 볼 줄 모르는 눈에도 소박함이 깃든 풍경화가 포
근한 평화를 안겨준다. 천진난만한 동심으로 돌아가 동화 속을
기웃거리며 걷는 상큼함이랄까. 101세까지 붓을 놓지 않고 열
성적으로 그림을 그리며 살다가 세상을 떠났다는 할머니의 정
신이 그대로 담긴 듯해 보면 볼수록 마음이 따뜻해진다.

　그렇게 미국 국민화가 모지스 할머니를 알게 된 이후부터,
그 어른은 내 삶 속에 깊숙이 들어와 자리하고 있다. 언젠가는
내게도 저무는 날이 오겠지만 모지스 할머니처럼 기력이 다하
는 순간까지 쉽게 읽히고 공감이 가는 글을 쓸 것이라는 희망을

품고, 꿈이 이루어지는 그 길로 쉼 없이 한 발 한 발 걸어가리라고 마음을 다잡는다.

그래. 내 인생은 이제부터다. 그렇기에 미리 절망하고 스스로 삶을 포기하는 일은 없어야겠다고 다짐하며, 나이가 적힌 흰 종이를 죽죽 찢어 쓰레기통에 집어넣었다. 대충 비워서 가벼워진 휴대폰을 한 손에 꼭 쥐고 콩콩 뛰는 가슴을 죽 펴면서 일어선다.

우리 할머니가 작가라고 자랑하는 귀여운 손녀들에게 부끄럽지 않기 위해, 또 용기가 샘솟는 응원을 보내준 고마운 분들에게 보답해 드리기 위해…….

지금까지 살아오면서 잘한 일을 꼽으라면, 글쓰기와 운전을 배운 일이라고 말하곤 했습니다. 그랬더니 한 선배님이 이렇게 말씀하시더군요.

"결혼한 것도 잘했고, 아들 낳은 것도 잘했고,
시어머니 모신 것도 잘했잖아요."

그 말씀을 듣고 짚어보니, 저도 잘한 일이 꽤 있더라고요.

결혼한 후로는 제 이름을 잊은 채, 뉘댁 며느리, 누구의 아내, 아무개 엄마로만 불리며 살았습니다. 그러다 나이 50줄에 들어서야 물 묻은 손으로 글을 쓰게 되었고, 수필과 시 부문에 등단도 했습니다. 모르면 용감하다고 했던가요. 겁도 없이 수필집 3권과 시집 1권을 출간하고 나니, 이름 뒤에 슬며시 수필가, 작가라는 명칭이 따라와 붙었네요. 지금은 매달린 젖먹이도, 눈치 볼 어른도, 뒷바라지할 애들도 없는, 가붓한 몸에 붙은 그 명칭이 제 이름과 곧잘 어울리도록 글쓰기에 열과 성의를 다하겠습니다.

『나는 가끔 실없는 말이 듣고 싶다』를 읽어주셔서 고맙습니다.
감사합니다.